1846

LA MARE AU DIABLE

魔沼

George Sand 喬治・桑

李毓真——譯

推薦序

田園牧歌的魔力

我喜愛喬治．桑本人的傳記故事，除了因為她的獨特個性與持續不斷寫作的熱情使我著迷不已外，更因其不畏世人的眼光，終其一生她都在一種自由的心靈之下寫作，質量強大，生命力豐富。

她總是與現實貼近，因而她筆下的小說人物具有高度投射讀者的鏡像感，讀了彷彿心裡也住進了她筆下這些真真切切的常民百姓。

喬治．桑的愛情生活精彩，她的小說早年多以愛情為主題，但後來轉為書寫土地，讚頌勞動的人。就像作者自言：「我看到也領悟到簡單中的美好，但感受和描繪是兩件事。藝術家們唯一希望的是，藉由自己的作品讓大眾睜開雙眼，看見樸實，讓大家看見天空、田野、大樹和農民，尤其是看見他們身上的良善和真實。」這段話幾乎表達了《魔沼》小說的精神底蘊與小說內涵。

早期喬治．桑曾被稱為政治小說家，但緣於震懾某次的工人暴動，從此她將社會寫實轉向自然田園之歌，《魔沼》即是喬治．桑田園小說的初始之作，以靜謐與淡然的田園抒情為小說添增樸實卻具有簡潔魔力的作品，不再控訴社會的黑暗，轉而描摹田園的心靈詩歌。

被稱為田園小說的《魔沼》文字樸實，穿插著在地語言，情節簡單有力，一路讀來，以莊稼漢人物為主的敘述與情節，具體而真實。每個上場的人物以情感傳遞著愛的使命。彷彿米勒筆下的麥穗情調、盧梭思想的情懷再現。喬治．桑把城市貴族文學轉向牧歌文學，在那個年代是如此地獨特且美麗異常。

讀她的小說，有一種坐看雲起的現世安穩之感，即使歲月並未靜好如初，但田園牧歌或者土地勞動的人知道烏雲在生命的上空是不會太久的。

知名作家 鍾文音

作者序

當我以《魔沼》開始寫一系列的田園小說，並欲冠以「搓麻人晚會」的總稱時，我並沒有任何主義，也沒有任何文學革命上的抱負。沒有任何一項革命可以獨力完成，尤其是藝術上的改革，因為參與的人眾多，所以無法得知革新是怎麼成功的。不過這樣的說法並不適合田園小說，因為它以各種形式存在已久——有時浮誇，有時雕琢，有時卻很樸實。我曾說過，並在此重申，長期以來住在城市的居民，甚至是宮廷貴族，都十分嚮往田園的生活；我只不過順著這樣的風潮，沒特別創新；我既不想創造一種新語言，也不想為自己找一種新體例。許多文評說我如此，但我比誰都清楚自己的意圖；我總是驚訝那些文評對這些簡單的想法、平凡的狀況、造就藝術作品的靈感，竟推敲分析到這種地步；就像《魔沼》一書，那幅讓我感動萬分、用於引言的霍爾拜因（Holbein）版畫，和我在播種時節所看到的場景相仿，因而促使我想寫這個簡單的故事，並將場景設定成我每天都會經過的樸實風光。若有人問我想做什麼，我會回答：我想寫一個既感人又簡單的故事。但在我看來，我並沒成功。我看到也領悟到簡單中的美好，但感受和描繪是兩件事。藝術家們唯一希望的是，藉由自己的作品讓大眾睜開雙眼，看見樸實，讓大家看見天空、田野、大樹和農民，尤其是看見他們身上的良善和真實。您可以在我書中發現究竟，但您在大自然裡會看得更清楚。

喬治・桑一八五一年四月十二日於諾昂

致讀者

為了維持可憐的生計，
你汗流滿面，
長年辛勞，精疲力竭，
如今死亡迎面。

這是一首用古法文寫成的四行詩，提在霍爾拜因的版畫上，簡單中帶著深沉的憂鬱。畫中的農夫掌著犁，大片的田野朝遠處綿延……幾間簡陋的屋舍，太陽在山後那頭落沉……辛勤的一天就這麼結束。畫中的莊稼漢年老壯碩，穿著破舊的衣裳；四匹拖著犁的馬既瘦且弱……犁上的鏵片一刀落入了堅硬不平的農地……在這揮汗如雨的場景中，只有一個人是愉悅快活的，那是一名想像出來的人物——一具執鞭的骷顱——在驚嚇的馬兒身旁，沿著田畦奔跑，幫忙老人趕馬耕田。那是「死神」，霍爾拜因總是將這名幽靈諷諭式地帶進自己一系列有哲學和宗教意味的作品中。這些作品陰鬱滑稽，被稱之為《死亡的類相》。

在這個系列的作品中，或者說在霍爾拜因的整個藝術創作裡，「死亡」是每張畫頁的通點，也是最主要的創作概念。他畫出了當時的上位者、祭司、情人、賭徒、酒鬼、修女、交際花、強盜、窮民、戰士、僧侶、猶太人和旅人，也畫出了我們這個年代的各式各樣的人，更畫出了四處可見的死之幽靈，不斷嘲弄威脅人類並總是取得勝利。他的畫，只有一幅沒有出現死神，那就是拉札爾[1]睡在有錢人門外的垃圾堆上，聲稱他無畏死亡。拉札爾不怕死，因為他沒什麼好失去，他的生活已形同死亡。

文藝時期這種半異教式的斯多葛基督思想，真能讓人們得到安慰嗎？真的可以讓信徒們從中獲得好處嗎？沒錯，野心家、狡猾者、暴君和酒色之徒，這些浪費生命招致死神緊抓頭髮的萬惡罪人，必會受到懲罰，然，盲者、乞者、瘋者和貧困的農民，難道會因無畏死亡便擺脫得了經年的苦難嗎？不會！壓在藝術家作品上的是一種無情的悲哀，一種可怕的宿命，就像給人類下了一道苦澀的詛咒。

這的確是痛苦的諷刺，霍爾拜因畫出他所看到的社會百態，讓他椎心的是這些罪惡和不幸，而我們這些藝術家，身處在另一個世紀，又該描繪些什麼？是要將死亡視為當今人類應得的命運？還是要將死亡看作是對不公平的處罰與對困苦的補償？

不，我們不該再談「死」，而是該論「生」。我們不該再相信墓穴中的虛無，也不該再相信勉強放棄人生所換來的救贖。我們希望人生美好，因為我們希望它豐富多姿。拉札爾應該離開他的垃圾堆，這樣窮民才不會因富者的死亡感到歡欣。每個人都該幸福，這樣某些人的幸福才不會成為罪惡和上帝的詛咒。莊稼漢播撒麥種時，應當為自己的人生感到歡喜，而不是因死神走在身旁而高興。死亡不應是對富裕的懲罰，也不應是對不幸的慰藉。上天不能用死來處罰，也不能用死來補償，既然祂祝福生命，那墳墓就不該是安置那些得不到幸福的人的避難所。

現今有些藝術家在正視生活周遭的問題後，強調側寫其中的痛苦、落魄和「拉札爾的垃圾堆」。這或許是藝術和哲學的範疇，但將不幸描寫得如此醜陋卑鄙，甚至邪惡罪孽後，他們的目的達到了嗎？效果是否和預期相同？這點，我們不敢妄

1 《聖經．路加福音》中的一個乞丐，他在人間受盡苦難後，進入天堂。

下定語。或許有人說，只要指出脆弱的「富土」下是深淵，就能讓無德的富人膽顫，正如在死亡之舞（danse macabre）的世代中，我們為富人們畫出了敞開的墓穴和想用骯髒手臂環抱他們的死神；今日，等待這些富人們的是撬著門鎖的盜匪和窺伺他們睡樣的殺人犯。

坦白說，我們不知道在將貧者以盜匪或殺人犯的樣貌表現後，該怎麼讓世人明白，富者該與他所輕視的人們和解？該感同他所猜疑的人們的遭遇？在霍爾拜因和他之前的藝術家的畫裡，可怕的死神咬著牙，拉著小提琴，這樣的表現並未使邪者歸正，善者受慰，而今日，我們的文學是否也帶著中世紀和文藝復興的影子？

霍爾拜因的酒徒瘋狂地倒著酒水，好趕走死亡的念頭，但隱身不見的死神正在為他們斟著酒杯。今日，為惡的富人興建工事，增強武力，以防藝術作品中描繪的伺機暴動。中世紀的教會販售著「贖罪券」，回應世間權貴的恐懼；現今的政府課收警察、獄卒、刺刀和監牢等稅賦，好撫平富人們的不安。

杜勒（Albert Dürer）、米開朗基羅（Michel-Ange）、霍爾拜因、卡洛（Callot）和哥雅（Goya）這些藝術家，都對他們的世代和國家的疾苦作出了強而有力的諷諭，這些都是不朽的作品，在史冊中留下無可爭議的一頁。我們並非反對藝術家探測社會傷口，赤裸呈現，只是除了可怕又具威脅的畫作外，難道沒有其他的方法嗎？因為他們的才能和想像，探討社會不公的文學蔚為風氣，在這樣的作品裡，相較那些誇大的惡棍，我們更喜歡溫柔討喜的人物，他們引人改過向善，而非恐懼害怕。恐懼無法治癒自私，恐懼只會讓自私變本加厲。

我們相信藝術的使命是一種情感和愛的使命，今日的小說應取代昔日的寓言，藝術家除了提出謹慎緩和的方法來削減自己作品所帶來的驚駭外，也該有更大更詩意的目標。他應該讓人喜歡他重視的課題，必要時我不會責備他將重視的項目美化。藝術不是對實證現實的研究，而是對理想現實的追求。《維克菲德的牧師》（*Le Vicaire de Wakefield*）比《墮落百姓》（*Le Paysan perverti*）和《危險關係》（*Les Liaisons dangeureuses*）更受用也更有益身心。

親愛的讀者，請原諒我說這些，把它視作這本書的序言吧。因為，在接下來說的故事裡，沒有對這些問題的省思。它只是個簡短又簡單的故事，因此我必須向您們致歉，這裡頭沒有我現在提到的可怕和威脅。

我只是因為看了和莊稼漢有關的畫作，想到了這些，正確地來說，我想和你們說個莊稼漢的故事，而我等一下就開始。

目錄

1 耕作

剛才，我帶著濃濃的愁緒注視霍爾拜因筆下的莊稼漢，接著，我在鄉間散起步，思考著鄉村的生活和耕作者的命運。耕作者耗盡體力和光陰在「吝嗇」又貧脊的土地上耕種；傍晚那塊又黑又粗的麵包，便是每日辛勞工作後唯一的獎賞和報酬。農地上的財富、收成、果實和吃著茂草，體型壯碩的牲畜，都只是某些人的家產，但卻是絕大多數人辛勞和奴役的結果。一般來說，閒暇者不愛田野、牧場和大自然的景色，也不愛能換成金錢供他們使用的健美家畜。他們來鄉下的目的是換換空氣，是調養身體，然後回到大城市裡，繼續享受佃農們工作的成果。

另一方面，勞動者太勞累、太痛苦，擔憂未來，無法享受鄉村的美麗和田園的迷人。對他們來說，金黃的麥田、美麗的牧場和健壯的牲口，都代表了一個個的錢袋，他能留著的很少，根本滿足不了所需；而且每一年，他還得裝滿這些該死的錢袋去滿足他的主人，好繼續在主人的領地上，過著省吃儉用、悲慘辛苦的日子。

大自然永遠年輕、美麗且慷慨，它將詩意和美傾注於所有在此自由發展的動植物。它擁有幸福的祕密，沒人能奪走。最幸福的人，或許是那些擁有勞動技能、自食其力並從技能中獲得舒適和自由的人，也就是那些可以依照心志和思想，喜歡自己工作和上帝成就的人。在欣賞及再現大自然之美時，藝術家就有這樣的幸福，但見到這塊樂土上的人們的悲哀時，正直仁慈的藝術家便陷入惆悵。當身心靈在上帝的眼下協力合作時，幸福或許就在這裡；一種神聖的和諧存在於上帝的仁慈和人心的快樂間。因此，與其在莊稼漢身旁畫個拿著長鞭、走在渠溝裡的糟糕又可怕的死神，不如畫一名精神奕奕的天使，他將滿手帶著祝福的麥子丟撒在冒著熱氣的田地。

對農民們來說，夢想過著溫柔、自由、詩意、勤勉又簡單的生活，並非無法實現，遙不可及。「唉，莊稼漢要是明白自己的幸福，那就是真的幸福。」維吉爾悲傷溫柔的感嘆是一種惋惜，但就像其他的惋惜一樣，也是一種預言。有一天，農民們也能成為藝術家，即使無法表現美（這其實無關緊要）也能體會美。難道不是本能和對夢想的嚮往，讓這種對美的神祕直覺油然而生嗎？那些家境過得去的人們，過度的不幸並未壓制他們心靈和知能的發展，因此他們容易感覺、欣賞這純粹的幸福。另外，若痛苦和勞累可以使心中同詩人般的聲音被聽見，那又怎能說雙手的勞動和心靈的活動無關呢？或許，這樣的說法是因為過度的工作和極端的貧困，那當人們工作較少較不疲憊時，就只剩下壞工人和壞詩人了。能夠從詩詞情感中汲取高尚情緒的，就是一名真正的詩人，即使他這輩子都沒寫出一句詩詞。

我思索著，並未察覺外在的影響，讓我更相信人類的可塑性。走在農夫正要準備播種的田邊，田地就像霍爾拜因畫中的一樣遼闊。風景也是寬廣的，有綠茵也有秋天要來臨時的微紅。蓬勃的褐色大地上，田溝中的積水在陽光的照射下，如銀色的薄網般閃閃地發著光。白天晴朗暖和，剛翻過土的田地發散出薄薄的熱氣。農地的高處有一名老人，他寬闊的後背和嚴肅的表情，讓人想起霍爾拜因筆下的農夫。他的衣著並不顯窮困，認真地推著由兩頭安靜、毛色淡黃的牛隻所拉著的田犁。田犁的樣式陳舊，而這兩頭牛是農場裡的族長，體型高大，略顯瘦削，一對牛角長且垂彎，這兩頭年老的耕牛已習慣作為彼此的「兄弟」；就像我們鄉下稱呼的那樣。當其中一頭牛失去對方時，牠會拒絕和新的耕牛一起工作，最後悲傷而死。不認識鄉下的人們，對牛隻和牠一起犁田同伴的情誼，只會加以責難。不如讓他們來牛棚裡看看這條瘦弱疲憊的牲畜吧！牠用不安的尾巴拍打著自己嶙峋的身軀，對於食物總是輕視，帶著恐懼和輕蔑，兩眼望著大門，用蹄子挖著身旁空出的位子；牠嗅著曾套過同伴的牛軛和鍊條，不停地用可憐的叫聲呼喚著。放牛郎說：「這下要損失兩頭牛了。牠的兄弟走了，牠便不再工作，應該將牠養胖後殺掉，可是牠不肯進食，直到餓死。」

老農夫不疾不徐，有條理的在田裡默默地工作。溫順的耕牛和他一樣從容。由於經年不斷地耕作，加上辛苦的勞動，他犁田的速度和在不遠處犁田的兒子一樣。兒子領著四頭較不壯碩的耕牛，在一塊堅硬多石的田地裡耕種。

隨後吸引我的是一幅美麗的景緻，一個畫家可好好表現的題材——田地的另一頭，一個面色紅潤的年輕人正駕著四對年輕的耕牛。牛兒深邃的毛色夾雜著如火焰般閃亮的黑毛，頭顱粗短，帶著捲毛和野性。眼睛帶著野氣，動作粗暴，耕起田來急躁亂動，對牛軛和木棒十分惱怒，對強加在身的馴服也氣得顫抖。這就是我們稱為「新上套」的牛隻。駕馭牠們的男子要開墾不久前還被棄耕成牧場的土地，那兒遍地都是百年的樹根；這樣費力的工作，也只有他的力氣、他的年輕和那八頭未被馴服的牛隻才能勝任。

一個六、七歲的小孩，像天使般美麗，穿著罩衫，肩上披著一塊羔羊皮，看起來就像文藝復興時代畫中的小施洗約翰。他走在一條和耕犁平行的渠溝裡，用一根又長又輕但不尖銳的小棒子，碰抵著牛隻腹部的兩側。桀驁不馴的牛群在小男孩的小手下顫抖，牛軛和繫在額上的皮帶嘎吱作響，轅木也產生猛烈的搖動。當樹根絆住犁鏵時，莊稼漢就會發出有力的聲音，叫喚每頭牛的名字。這不是為了激勵，而是為了安撫，因為突如其來的阻擋激怒了牛群，牠們蹦跳著，用寬大叉趾的牛蹄踢挖著。要是沒有莊稼漢的吆喝和刺棍，牠們會拉著耕犁朝別的方向跑去。莊稼漢控制著前面四頭牛，小男孩則負責後面四頭牛。這可憐的小東西吆喝著，他想使自己的聲音變恐怖，但他的聲音卻柔和地像他如天使般的臉龐。鄉村的景色、莊稼漢、小男孩、套著牛軛的耕牛，這一切都充滿了力的美和優雅的美。儘管征服土地的搏鬥如此激烈，卻籠罩著一種柔和與寧靜的氛圍。當阻礙排除後，耕牛們再度找回平穩莊重的步伐時，莊稼漢裝出的凶狠，只不過是精力的施展和活力的消耗。他很快就回到那質樸心靈才擁有的平靜。

傑曼慈愛地看了男孩一眼，男孩也轉過頭來對他微笑。接著，年輕的父親用雄壯的聲音唱出既莊嚴又憂鬱的歌曲，這是當地自古流傳下來的曲調，不是每個人都會唱，只有那些知道如何激起並駕馭耕牛勁道的農夫才會唱的歌。曲調的起源應是神聖的，大概從前受過神祕學的影響，至今仍被人認為擁有保持耕牛力氣、平息耕牛憤怒和排解耕牛長時間工作厭煩的魔力。光知道駕馭牛群耕出一條筆直的犁溝，或是將耕犁提起和恰到好處地插入田地以減輕牛兒的負擔，這並不夠，如果他不知道如何唱歌給牛兒聽，就稱不上是完美的莊稼漢。這是一門需要興趣和特殊方法的技能。

事實上，這樣的歌曲是一種可以任意終止，又任意接唱的宣敘調。它形式不定，又不符合樂理，所以無法譜寫，但它仍是首動聽的曲子；而且和它伴唱的工作、牛隻的步伐、鄉間的寧靜和歌者的質樸相互輝映。任何不諳耕種的人，是無法唱出這樣的曲調，除了當地能幹的農夫，其他歌手都無法唱出。一年當中，除了耕種，沒有其他工作或活動的時候，這樣柔和又有力的歌曲像是揚起的微風，其特殊的音調和微風有某種程度的相似，每一句的尾音，長且顫抖，需要有力的運氣和肺活量；提高四分之一音階的唱法，規律地不合音律。雖不符規定，仍十分動聽，一旦聽慣這種旋律後，便很難想像還有什麼曲調可以不在這個時節、這個區域破壞一切的和諧？

一幅和霍爾拜因畫作截然不同的景致，就這樣在我的眼前展開了，即使他們的場景都是相同的；一名健壯的年輕人取代了可憐老人，兩對健壯暴躁的耕牛取代了骨瘦筋疲的馬匹，漂亮的小孩代替了死神；充滿精力和幸福的畫面取代了絕望和毀滅的意象。

那首古老的四行詩「你汗流滿面……」和維吉爾的「唉，莊稼漢要是明白……」，這兩句話同時浮上我的腦海。看著這麼美麗的畫面，男子和小孩，在這麼詩意的環境下，結合了剛勁和優雅，完成了一件偉大且莊嚴的工作。我不禁深深同情也不由自主地感到惋惜。莊稼漢是幸福的，這點毫無疑問。如果我是他，我也是幸福的，只要我的雙臂能突然變強壯，胸膛變有力；只要我能豐富大自然的物產，歌詠它的美麗；只要我的眼睛能繼續看見，頭腦能繼續領略顏色和聲音的和諧，細膩的色調和優美輪廓，簡單來說，只要我能領略一切事物的神奇之美，只要我的心能與主宰不朽和崇高創造的神同在。

唉！不過這名男子永遠不能領略神奇之美，這個小孩也是……天父阻止我作如是想——認為他們和他們駕馭的牲畜差不了多少，阻止我相信他們無法領略神奇，無法因而忘卻疲憊和憂愁。我在他們高貴的額頭上，見到天父的印記，因為比起那些擁有、購買土地的人，他們生來就是土地之王。他們自己也知道，證據就是他們無法輕易離開生長的地方。他們喜歡用自己的汗水澆灌這片土地，若離鄉背井，投軍從戎，必會倍感憂鬱。男子少了一些我所擁有的喜悅，一些非物質的喜悅，但這本該是他所有，是被這片浩瀚穹蒼擁抱、於無垠土地上工作的他。他也少了對自己情感的認識；那些自他還在娘胎裡就奴役他的人們，搶不走他的夢想，卻已搶走他思考的能力。

唉！即使他不完美，和小孩沒什麼差別，但他比起那些被知識扼殺情感的人卻好得多。別以為自己比他高尚，你們這些相信自己有合法並永久支配他權利的人，因為這可怕的錯誤，證明你們的才學抹煞了心靈，你們才是人類中最不完美、最盲目的一群。我喜愛他的質樸，勝過你們的虛假，若要我描寫他的生活，我會因突顯他生活中柔和動人的一面而感歡欣，至於你們因為社會價值所以輕視、批判他這種人的態度，一點也不值得讚賞。

我認識這名年輕男子和這個漂亮小男孩，我知道他們的故事。因為他們有一個故事，每個人都有自己的故事。要是他們了解自己的生活經歷，無論誰，都會對自己的故事感興趣。即使傑曼是位農民、一個普通的莊稼漢，但他明白自己的責任和情感。他將自己的故事簡單清楚地告訴了我，而我也聽得十分入迷。我看著他耕田，許久，心想為什麼不將他的故事寫下來呢？儘管這個故事簡單、筆直又少修飾，正如他犁出的溝壑。

明年，這條犁溝將被新的溝壑填滿覆蓋，正如人在世上留下和失去的痕跡。這些陸續被挖掘的溝壑就像墓園裡一座座的墳墓，只消一點土就能抹去。莊稼漢的犁溝難道比不上「遊手好閒」的人嗎？然，這些「閒人」只不過因為某些奇怪或是荒謬的行為，而在世上留下一些名聲，一個名字……

好吧，如果可能的話，讓我們將傑曼——這名能幹的莊稼漢——的溝壑，從遺忘的虛無中挖出來吧！

2 莫里斯老爹

「傑曼，」有一天，他岳父對他說，「你該考慮再婚了！我女兒過世已經快兩年，你最大的孩子都七歲了，而你也快三十歲了，我的女婿，你知道的，在我們這兒，對男人來說，過了三十歲就是太老，不容易成家。你有三個乖小孩，他們都沒帶給我們太大的負擔，我的妻子和兒媳也都盡力照顧和疼愛他們。小皮耶快懂事了，他很聰明，把牛趕得很好，知道如何帶牛群去吃草；他的力氣也大，可以牽馬兒到水槽，因此我們並不擔心他。反倒是另外兩個孩子，天知道，我們有多愛他們，這兩個可憐的小東西，今年讓我們傷透了腦筋……我媳婦就快生產了，而她懷裡還抱著一個小嬰兒……當她肚子裡的小孩出生後，便無法再看顧你的小索朗，更無法照顧小西凡——這孩子還未滿四歲，每天總是從早折騰到晚。他和你一樣充滿精力，將來一定能把工作做得很好。可是他現在頑皮又好動，當他跑到沼塘那兒或往牲口腳底下鑽時，我妻子早已追不上他。而且當我媳婦的小嬰兒落地後，她現在手上的老大至少得讓我妻子幫忙帶上一年。因此，我們很擔心你的孩子們，但我們實在沒有多餘的心力照顧他們。我們不希望他們乏人照顧，只要一想到他們會因此出意外，我們就無法放心。所以你一定要再娶，我也要再有個媳婦。考慮看看吧，我的女婿，我已經說過很多次了，而且時間飛逝，歲月不饒人啊，為了你的孩子，為了希望家裡安好的我們，你一定要趕快再婚。」

「父親，」女婿回說，「如果您執意要我再婚，我一定會讓您稱心如意。但是不瞞您說，再婚的念頭讓我很痛苦，我寧願淹死也不想這麼做。我知道我失去了什麼，卻不曉得會找回什麼……我有過一個賢淑的妻子，一個漂亮、溫柔又勇敢的妻子，一個對父母、丈夫和小孩都很好的妻子。她工作勤快，在田裡幹活就像在家裡一樣能幹，又會做針線活……總之，她樣樣在行。當你們把她嫁給我，我娶她時，我們並沒有約定，一旦我不幸失去她，就該把她遺忘。」

「傑曼，聽了你的這番話，我知道你有一副好心腸。」莫里斯老爹繼續說著，「我知道你很愛我女兒，你讓她很幸福。我也知道，如果能替她死，你會願意被下葬，而此時凱瑟琳就還活著。她的確值得你這麼愛她，但如果你無法釋懷，我們也無法安心。我不是要你忘記她，天父讓她離開我們，但我們總藉著禱告、回想、言語和行動，讓她知道我們想念她，我們因為她的離去而感到悲傷。如果她可以從另一個世界和你對談，讓你明白她的心意，她一定會要你替她可憐的小孤兒們找一個媽媽。雖然要找到能夠取代她的女孩並不容易，但也不是不可能。我們替你找到那樣的女孩時，你會像愛我女兒那樣愛她，因為你正直，你會因她的幫忙和她對你小孩的疼愛而感激她。」

「好吧！父親，」傑曼說，「我會照您的話去做，就像我一直以來遵從您的指示一樣。」

「孩子，你總是聽從這個家的家長的好意和忠告，那我們就來討論你新媳婦的人選吧。首先，我不贊成你娶太年輕的女孩。這不是你需要的。年輕女孩太浮躁，而撫養三名小孩是個重責，更何況還是前妻所生的小孩。她必須非常賢慧、溫柔又吃苦耐勞……如果她和你的年齡相差太大，她就沒有能力負擔這樣的重責。她會嫌你老，嫌孩子小，會抱怨，而你的孩子就會吃苦。」

「這正是我所擔心的，」傑曼說，「要是孩子們被虐待、厭惡或毒打呢？」

「但願不會如此！」老丈人說，「我們這裡的壞女人比好女人少。我們一定是瘋了，才會選到一名不合適的人。」

「的確。父親，村子裡有好多好女孩，像是露易絲、希樂芳、克勞蒂、瑪格麗特……總之，有您喜歡的女孩。」

「等等，別急，孩子，這些女孩不是太年輕就是太窮，或是太漂亮了……我們應該考慮到這點，漂亮的女孩可能不安於室。」

傑曼不安地問：「難道您要我娶一個醜女孩嗎？」

「不，不是醜的，因為這女孩還要替你生孩子。沒什麼比生個醜陋、瘦弱且多病的孩子更可悲了。一個還年輕、既不漂亮也不醜陋的女人最適合你了。」

「我明白了。」傑曼露出苦笑，「要找到合父親心意的，一定要訂作才行，尤其您還不想要一個貧窮的女孩，對我這鰥夫來說，要找一個有錢的妻子談何容易？」

「要是她也失去丈夫了呢，傑曼？如果她是沒有小孩卻有大筆財產的寡婦呢？」

「教區裡沒有這樣的人啊！」

「這裡是沒有，但別的地方有。」

「看來父親心中早有人選，快告訴我吧！」

3 優秀的莊稼漢傑曼

「沒錯，我已有人選。」莫里斯老爹回答，「她是萊歐納家的女兒，格漢家的寡婦，住在福爾居。」

順從的傑曼顯得更加難過：「我不認識她，也不熟悉她住的地方。」

「她和你過世的妻子一樣，也叫凱瑟琳。」

「凱瑟琳？要是我還能再呼喚這個名字，我會很高興。不過，如果我不能愛她如同愛我的妻子一般，我會更難過，也會更想念已逝去的人。」

「我告訴你，你會愛她的。因為她品行端正，心地善良。我已經好久沒見到她了，但我認識她時，她面貌端正。不過她已經三十二歲，不年輕了。她來自一個好家庭，成員們個個正直，她的地產值八千到一萬元法郎。她想再嫁，所以為了在未來居住的地方買塊土地，她可以將現在的地產賣掉。如果你和她合得來，我想她絕不會嫌棄你的狀況。」

「你們都說好了嗎？」

「是的，就差你們雙方見面確認彼此的想法。女孩的父親和我很熟識，我們就像一家人般。你認識萊歐納老爹吧？」

「認識。我見他在市集裡和您說話，最後那次，你們還一起用餐……這該不會就是為什麼他和您聊了那麼久的原因？」

「是的。他看到你在賣牲口，發現你做得很棒，也覺得你長得俊秀，看上去積極努力。我告訴他，你的為人還有這八年來你對我們的好。我們一起工作，一起生活，而你從沒說過一句令人難過或生氣的話。聽到這些，他便想把女兒嫁給你，我也覺得這想法挺好的。坦白對你說，這女孩的名聲佳，親人正派，家業也正發達。」

「莫里斯岳父，我覺得您很在意家業。」

「當然，我很重視。難道你不是嗎？」

「只要您開心，您要我重視，我就會看重的。不過您也知道，對我來說，賺的錢哪些歸我，哪些不歸我，我從不在意。我不知道怎麼分配財務，我腦筋沒好到能妥當打理這些。我只知道土地、牛群、馬匹、駕車、播種、打麥和割草，至於養羊、種葡萄、植栽、各種細活或手工藝，都是您兒子在負責，我不太過問……您知道，一說到錢，我記性就不好，我寧願吃虧讓人，也不願意和別人在那兒為了是誰的錢而爭執不已，因為我害怕弄錯，拿了不該拿的錢。如果帳目太複雜或不明確，我就會搞不清楚。」

「這很糟糕。孩子，而這也是為什麼我希望你娶個頭腦好的女孩。哪天我不在了，她可以代替我。你向來沒把帳目弄懂，如果沒有我居中協調，告訴你們每個人該分多少，有天你可能會和我兒子產生摩擦。」

「願您延年益壽，莫里斯岳父。但也請別擔心您死後之事，我絕不會和您兒子吵架。我相信哲克就像相信您一樣。我沒別的財產，只有您女兒留給您孫子們的那份。我不擔心，您也別擔心，哲克不會因為自己的小孩而剝奪他外甥的權益，他愛他們就像愛自己的小孩一樣。」

「你說得沒錯，傑曼。哲克是個好兒子，好弟弟，他剛正不阿，但在你的小孩長大前，哲克可能會先走……每個家庭都需要有家長來指點未成年的小孩，調停彼此間的糾紛，要不然等律師們攪和進來，彼此對立，打了官司，傾家蕩產……為此，我們不該再添一名成員嗎？……不管是男是女，這名家長說不定未來就要負責三十多個兒子、孫子、女婿和媳婦的言行及事務……誰知道家族未來會擴張到什麼程度？蜂窩太擠時就必須分巢，而每隻蜜蜂都想帶走屬於自己的那份花蜜……當初我選你作女婿，雖然我女兒富有而你貧窮，我也未曾責怪她的選擇，你的努力我都看在眼裡，我知道像我們這種莊稼人，最好的財富就是有和你一樣的雙臂和心腸。男人帶給家庭這兩樣東西就足夠了。但女人不同，她對家庭的職責是鞏固財富而非增加財源。再者，身為父親，你再婚生的小孩不能要求分得前妻的遺產，如果你走了，他們會窮困不堪，除非他們自己的母親也有些積蓄。更何況，撫養這些壯大我們家族的小孩也需費用，如果只有我們自己負責，雖說我們沒有怨尤，但終究會影響到大家的幸福，也會影響你前妻小孩的權益。一旦家中人口劇增，財富沒有隨之上升，即使再刻苦勤奮，貧窮還是會接踵而至。這是我的見解。傑曼，你好好地想想，努力地討格漢家寡婦的歡欣，她良好的品行與財富會帶給我們很多的幫助，帶給未來平和。」

「是，父親。我會盡量討她歡心，希望她也會喜歡我。」

「那你得去看她，去找她。」

「去她家嗎？去福爾居？那裡離這兒很遠，我們這時哪有空閒？」

「若是想戀愛結婚就必須花點時間，但這是兩個知道自己需求的人的理智聯姻，所以應該很快就能敲定。明天是星期六，可以早點結束田裡的活兒，你吃完午飯，快兩點時就出發，這樣晚上便能趕到福爾居。現在的月光很明亮，路也好走，那兒離這裡不過三古里[1]，靠近瑪尼葉……你可以騎牝馬去。」

「這麼涼爽的天氣，我喜歡用走的。」

「可是牝馬很漂亮，騎在上頭也顯得帥氣。你可以穿一件新衣服，帶些新鮮的野味給萊歐納老爹；就說是我叫你過去的。你和他聊聊天，星期天和他女兒一起相處看看，星期一一早，帶著她的答應或拒絕回家。」

「知道了。」傑曼淡淡地說，可是他內心一點也不淡然。

他就像那些勤勉的農人一樣循規蹈矩，二十歲結婚，一生只愛過一個女人。雖然性急好動，但在失去妻子之後，他也不曾和其他女子調情，一直忠貞地帶著思念。這次雖然聽從了岳父的建議，但仍感到擔心憂慮。老丈人齊家有道，而傑曼早將自己獻給這個家庭，也就是這家的一家之長。他不明白，其實自己也可以拒絕這動聽的說詞，不為大夥兒的福祉著想。

1 一古里約四公里。

他很悲傷，私下常常為了亡妻啜泣，即便孤寂讓他感到沉重，但比起忘卻苦痛，他更害怕再婚。他隱約地想，或許當愛情突然出現時，他就能得到安慰。畢竟，愛情無法用其他的方式安慰人，但我們追尋時卻找不著，一旦我們不再期待，它便找上門來。莫里斯老爹安排的冷酷婚姻計畫——這位素不相識的未婚妻，以及她為人稱道的務實和德行，都讓他頗費思索。他邊走邊想著，就像那些想法不多以免念頭相互矛盾的人一樣，也就是說，他想不出反駁莫里斯老爹的理由，或為自己著想的理由，所以只能默默承受隱痛，無法抗拒必須接受的不幸……

莫里斯老爹返回農莊了。傑曼則把握最後的時間，在太陽西下，夜晚快要來臨前，把羊群在房子旁邊圍牆上弄出的缺口修補好。他扶起荊棘枝幹，用一些泥塊支撐住。畫眉在一旁的灌木叢裡啁啾，彷彿在催促著他儘快離開，好讓牠檢視修補的成果。

4 齊葉特嬤嬤

莫里斯老爹回到家時，看到隔壁的老嬤嬤正在和自己的妻子聊天，她打算要些火種回家生火。齊葉特嬤嬤住在離農莊有兩倍射程遠的一間寒酸破舊茅屋內，但她是個有條理、意志堅定的人；簡陋的屋舍乾淨、整齊，細心縫補的衣服顯出她在窮困中的自重。

「您來拿今晚的火種嗎，齊葉特嬤嬤？」老人問，「還需要其他的東西嗎？」

「不了。莫里斯老爹，」老嬤嬤回道，「目前我什麼都不缺。您知道，我不喜歡麻煩別人，也不隨便濫用朋友們的好意。」

「您的確是這樣的。您的朋友也很樂意為您效勞。」

「我剛和您夫人閒聊，正問到傑曼是否打算再婚？」

「您不是話多的人。」莫里斯老爹回答，「因此我們可以在您面前說真話，而不用感到擔心。我這就跟您和我妻子說，是的，傑曼終於答應了。明兒一早，他就要去福爾居。」

莫里斯嬤嬤大叫：「太好了！這可憐的孩子，希望上帝保佑他找到一名像他一樣善良又正直的妻子！」

「啊！他要去福爾居？」齊葉特嬤嬤若有所思，「真是太巧了！對我來說也太好了！您剛不是問我還需要什麼嗎？我這就想請您幫個忙，莫里斯老爹。」

「說吧，說吧，我們很樂意。」

「我想請傑曼帶我女兒一起去。」

「去哪兒？福爾居嗎？」

「不，不是福爾居，是奧爾摩。她接下來要待在那兒。」

「什麼！」莫里斯嬤嬤說，「您要和她分開嗎？」

「她必須出去賺點生活費……為此，我很難過，她也是。這可憐的小東西！聖約翰節時，我們還無法做下決定，但在聖馬丁節時，她在奧爾摩的農場上找到一份牧羊女的好差事。那天，農場主人趕完市集，打從這兒經過，看到我的小瑪麗正在看顧三頭小羊，便問：『小姑娘，妳真悠閒，只照看三頭羊，沒什麼事兒好做。妳想照顧一百頭羊嗎？我帶妳去。我家的牧羊女病了，回她爸媽家了，如果妳可以在八天內動身，從現在到聖約翰節時，妳可以賺五十個法郎。』當下，這孩子拒絕了。但後來她想起就忍不住告訴我，因為她回到家時，看到我正為不知道該如何度過今年冬天而發愁難過。這個冬天肯定漫長又寒冷，因為今年的野鶴、野鵝比往年早了一個月從空中飛過。我倆都哭了，但最後我們還是提起勇氣，明白不能留在一塊兒，因為我們的土地只夠養活一個人，況且瑪麗已經長大，十六歲了，她得和別人一樣去賺取自己的麵包，替老媽媽分擔一些苦了。」

老農人說：「齊葉特嬤嬤，如果五十法郎就能讓您不必吃苦，您倒不必將孩子送到那麼遠的地方。說真的，我能替您湊到這些錢，即便這些錢對我們這樣的人來說也不算是一筆小數目。不論什麼事，我們必須尊重理智，如同尊重友情一樣。即使您能度過今年的苦日子，也不一定能躲過往後的苦日子。只要您的女兒愈遲疑離開，您們就愈不容易分開。小瑪麗長大變強壯了，她在您家也沒什麼事兒好做，很有可能養成懶惰的習慣……」

「噢！這點我並不擔心。」齊葉特嬤嬤說道。「瑪麗和其他有錢人家的女孩一樣勇敢，而且可以擔下繁重的工作。她的雙手一刻也不停閒，當我們無事可做時，她會清掃家裡，把舊家具洗抹得像鏡子般光亮。她與同重的金子一樣貴重，與其讓她去那麼遠的地方，在我不認識的人家裡工作，我倒寧願她在您這兒放羊。要是當初我們打定主意，您在聖約翰節時就可以雇用她。現在您已找到其他人，我們只好等到明年聖約翰節，再來談這件事了。」

「嗯，齊葉特嬤嬤，我很贊成也很高興。在那兒之前，她去學習牧羊，替人工作也是好的。」

「的確，現在都說好了。奧爾摩的農場主人今天差人來問，我們也已經答應，她立刻就要動身。但那可憐的孩子不認識路，我也擔心她一個人去那麼遠的地方，既然您女婿明天要到福爾居，可否帶她一起？福爾居就在奧爾摩附近，我是聽人家說的，因為我也沒去過。」

「是在附近。我的女婿可以帶她去。這是應該的，他甚至可以讓她坐在馬兒後頭，免得她的鞋弄髒了。喏，他剛好回來吃飯了……傑曼，齊葉特嬤嬤的女兒小瑪麗要到奧爾摩去當牧羊女，你可以騎馬載她去，對吧？」

「是的。」傑曼答道。他憂心重重，但他很樂意幫助鄰居。

在我們的社會裡，一位母親是不會把十六歲的少女交付給另一個二十八歲的男子。傑曼確實只有二十八歲，但在他家鄉的觀念裡，他已老到不再適合談嫁娶，雖說他仍是這一帶最俊美的男人。勞作並未使他像其他已經工作十年的農民那樣蒼老憔悴——就算再耕作十年，他也不顯老——年輕的女孩必須非常在乎年齡的差距，才會視而不見傑曼紅潤的臉色、如五月天空般湛藍明亮的雙眼、粉紅的雙唇、健康的牙齒，和像匹未曾離開牧場的小馬的靈活身形與俊美體態。

在遠離敗俗城市文化的鄉村裡，貞潔是一種傳統。而在柏萊村中，莫里斯家是公認的誠實公正。傑曼要去相親，瑪麗則太年輕且窮困，因此不會讓傑曼想作目標。除了沒心肝的傢伙或大壞蛋外，不會有人對她興起非分之想。因此，當莫里斯老爹看到傑曼載著這位漂亮的姑娘時，並非感到擔憂。齊葉特嬤嬤則認為，要是她囑咐傑曼要像對待妹妹那樣尊重瑪麗，便是對他的侮辱。多次親吻母親和女伴後，瑪麗哭著上馬。為自己難過的傑曼，同樣也同情瑪麗的悲傷。他神色嚴肅地上了路；而村人則是揮著手和瑪麗道別，沒人往壞處想。

5 小皮耶

灰絲年輕、美麗又強壯，牠毫不費力地載起雙倍的重量，貼著耳，嚙著馬套，不枉作為一匹像牠這樣驕傲的牝馬。當牠從大片牧場前經過時，看見了母親老灰絲。小灰絲嘶叫著和母親道別，老灰絲走近圍籬，噠噠的馬蹄聲響起，老灰絲開始在牧場邊跑著企圖跟上女兒；見灰絲加快速度，牠也跟著嘶叫起來，露出凝重和擔憂的神色，牠抬起頭，滿嘴含著青草卻無心吞嚼。

「可憐的老灰絲總認得自己的女兒。」為了讓小瑪麗開心些，傑曼這樣說道。「這讓我想起臨行前，我沒有親親我的小皮耶。這調皮的孩子不知去哪兒了？昨晚，為了讓我帶他一同上路，他在床上哭了一個小時。今早，他繼續試圖說服我……噢！他真是個乖巧可愛的小孩……當他知道無法改變我的心意後，『小少爺』生氣了，他跑到田裡，一整天不見蹤影。」

「我有見到他。」小瑪麗說。她費力地止住自己的淚水。「他和索拉斯家的小孩跑到待生林。我懷疑他離家很久了，因為他很餓，吃著野李子和灌木叢裡的桑葚。我把自己要當點心吃的麵包給他，他跟我說：『謝謝，可愛的瑪麗，下次妳到我家，我請妳吃派餅。』傑曼，您的孩子真討人喜愛啊！」

「是的，他很討人喜愛。」莊稼漢說，「我願意為他做任何事。他哭得好悽慘，好像要把小心肝哭碎了……我真想帶他一起上路。不過，幸好他外婆比我理智……」

「您為什麼沒帶他一起呢，傑曼？他不會造成太大困擾的。只要順著他的意，他會很聽話。」

「但我要去的地方，似乎不合適帶著他，至少莫里斯老爹是這麼認為的。不過我不這麼想，我覺得應該要看看對方是怎麼待他的。他是一個這麼可愛的孩子，一定會討人喜歡……可是家裡的人說，不應該一開始就讓別人看到家中的負擔……我不知道我為什麼跟妳說這些，小瑪麗，妳又不懂。」

「我懂的。傑曼，我知道您要去相親。我母親有跟我說，她交代我不要跟別人說，不管是在家鄉或是在工作那兒。您放心，我一個字也不會說。」

「很好，因為這事八字還沒一撇呢。說不定，對方看不上我。」

「祝您成功啊！傑曼。您怎麼會認為她看不上您呢？」

「這很難說，因為我有三個小孩，這對一個不是他們母親的人來說，是很大的負擔。」

「話是沒錯，可是您的小孩和其他小孩不同。」

「真的嗎？」

「他們長得和小天使一樣美麗，而且又有教養。沒有人比他們更可愛了。」

「可是小西凡不怎麼隨和。」

「他還小啊，不調皮才怪呢！但他很聰明。」

「這是真的，他的確很聰明，而且勇敢，不畏懼母牛或公牛……如果我們放任他自由，他早和哥哥一起爬上馬鞍了。」

「如果我是您，我早就把哥哥帶著了，有個這麼漂亮的小孩，對方看了，一定會愛上您。」

「沒錯，如果她喜歡小孩的話，但要是她不喜歡孩子呢？」

「有不喜歡小孩的女人嗎？」

「我想不多，但總有的。這就是我擔心的地方。」

「您對這位女士一無所知嗎？」

「不會比妳多多少……我擔心見到她之後，我還是對她了解不深，雖說我已不是小孩，但只要人家對我說些好話，我很容易就信了。很多次，我都後悔為什麼要相信……畢竟言語是無法代表行為的。」

「聽說她為人正直。」

「聽誰說的？莫里斯老爹嗎？」

「是啊！您岳父。」

「可是他也不怎麼認識她。」

「那等您見到她之後，看清楚一點。希望您別看走眼，傑曼。」

「喏，小瑪麗，我倒希望去奧爾摩之前，妳可以到她那兒坐坐。妳的心思這麼細膩，又聰明，事事留心，若發現值得考量之處，可以偷偷告訴我。」

「噢，傑曼！我才不要！我害怕會看錯，更何況要是我妄下斷語，害您討厭這樁婚事，您的岳父母一定會怪我。光這樣想就叫我難過了，更別提我那親愛的母親也會難過。」

正當他們談話之際，灰絲突然豎起耳朵，跳到路旁，接著走向灌木叢，查看引起牠吃驚的東西。傑曼看了樹叢一眼，在乾溝中那濃密青翠的橡樹枝條下，他看到了一個像隻小羔羊的東西。

「是一頭迷路的小羊，」他說，「或許死掉了，因為牠動也不動。或許有人在找牠，我們去看看吧！」

小瑪麗大叫：「那不是小羊，是一個在睡覺的小孩，是您的小皮耶！」

「什麼！」傑曼趕緊跳下馬，「妳看看，這小壞蛋竟然睡在這兒，離家這麼遠，又在一條溝渠內，他很可能會被蛇咬！」

傑曼將孩子抱起來。小皮耶睜開雙眼，對他微笑，雙臂圈著他的脖子說：「親愛的爸爸，你得帶我去啦！」

「又來了！還在這兒耍賴！你在這兒做什麼！小壞蛋？」

「我在等爸爸經過，」小孩說，「我一直盯著路看，看著看著就睡著了。」

「要是我走過去而沒看到你，你就要在外面過夜，然後被狼吃掉！」

「啊！我知道你會看見我的！」小皮耶有十足的把握。

「那現在吻吻我，我的皮耶，跟我說再見，然後趕快回家，要是你不想沒有人等你吃飯。」

「你不帶我去嗎？」小東西叫道，揉著眼，代表他快哭了。

傑曼回答：「你知道外公外婆不會答應。」就像一個對自己威權沒有信心的爸爸，傑曼拿著外公外婆的威嚴當擋箭牌。

小皮耶什麼話也聽不進去，他開始大哭起來，說爸爸既然可以帶小瑪麗，就可以帶他一起。父親反駁地說要經過一些大樹林，裡頭有許多吃小孩的猛獸；還說灰絲載不動三個人，牠在動身前曾這樣表示；又說他們要去的地方，不會有人替小孩準備床鋪和餐點。這些充分完美的理由都不能說服小皮耶，他倒在草皮上打著滾，哭喊著爸爸不再愛他，還說要是爸爸不帶他去，不管是白天或晚上他都不回家。

傑曼的心就像女人般柔弱，妻子的死讓他不得不獨自照看孩子，加上他認為失去母親的小孩格外需要疼愛，因此他的性情變得更柔順。他內心交戰，愈是因自己的柔弱紅了臉，愈是想在小瑪麗面前掩飾自己的困窘。他額上出汗，紅著眼就快要哭出來。最後，他試著發起脾氣，轉向瑪麗，原想讓她瞧瞧自己的堅定，但一看到女孩眼中的淚水，他所有的勇氣都消失了，即便繼續責罵和威嚇，也控制不了自己的眼淚。

「說真的，您的心腸太硬了。」小瑪麗終於開口，「要是我，才不能拒絕一個這麼傷心的孩子。您的馬載慣了兩名大人和一名小孩，最好的證明就是，每星期六，您的內弟和內弟媳總帶著他們的孩子去趕集，他們一起坐在這匹好馬兒的背上。您內弟媳可比我重多了，因此，您可以讓皮耶坐在前頭，而我，寧願自己走去也不要讓小東西難過。」

「不要緊，」傑曼回答，他願意被瑪麗說服。「灰絲很強壯，只要背上的位置夠寬裕，還可以多載兩個。不過，路上我們要怎麼照顧這個孩子呢？他會冷、會餓……更何況今晚和明天誰來照顧他睡覺、梳洗和穿衣呢？我才不敢拿這樣的麻煩事去拜託一個自己還不認識的女人。而且，她也會認為我一開始就太失禮了。」

「您可以從她表現出來的熱心或厭惡，馬上知道她的為人。傑曼，相信我，而且如果她討厭您的皮耶，我來照顧他，我去她家幫他穿衣，然後明天帶他到田裡玩。我會整天跟他在一起，照顧他，讓他什麼都不缺。」

「他會礙事的，我的好女孩！他會給妳添麻煩，一整天的時間太長了！」

「恰好相反，他會讓我開心，有他跟我作伴，可讓我在陌生地方的頭幾天少一點悲傷。我可以假裝還在家鄉。」

小傢伙看到瑪麗幫自己說話，用力地抓住她的裙角，力氣大到需要將他弄疼，他才肯放手。他知道父親開始讓步時，便用自己那被太陽曬成深褐色的小手握住瑪麗的手，開心地跳起來親吻她。小皮耶帶著一種小孩充滿期待的欣悅之情，拉著瑪麗走向牝馬。

「走吧，走吧！」年輕女孩說道。她將他抱進懷裡，試圖讓這顆如小鳥般雀躍的心平靜下來。「如果晚上會冷就告訴我，我的皮耶，我會把你塞進我的外套內。親親你的父親，請他原諒你的魯莽，跟他說你再也不會這樣了。再也不會！再也不會！你聽到了嗎？」

「是啊，是啊！除非我一直答應他的要求，不是嗎？」傑曼一邊說，一邊拿出手帕擦去皮耶的眼淚。「啊，瑪麗！妳害我把他寵壞了，這個頑皮鬼！妳真是個善良的女孩，小瑪麗，我不懂妳為什麼不在聖約翰節來我們家做牧羊女，這樣妳就可以照顧我的孩子。與其找個自以為不討厭他們就是對我好的女人，我還寧願給妳一大筆錢，請妳來照顧我的小孩。」

「別把事情往壞處想。」小瑪麗回答。當傑曼將兒子放上披著山羊皮的馬鞍上時，瑪麗牽著馬的韁繩。「如果您的夫人不喜歡小孩，那您明年就可以雇用我，放心，我會讓他們很高興，察覺不到這一點。」

6 在曠野

走了幾步路，傑曼說：「啊！沒看到小傢伙回去，家裡的人會怎麼想呢？兩位老人家鐵定會擔心不已，焦急地到處找他。」

「你可以請那邊的修路工傳話給你的家人，說小皮耶和你在一塊兒。」

「對耶！瑪麗，妳反應真快。我都忘了傑尼可能在那兒。」

「而且他住在農場附近，不會忘記你交代的事。」

當他們想到這個好辦法，傑曼駕起了快馬。小皮耶很開心，忘了自己沒吃午飯，不過馬兒快速的晃動，讓他感到了飢餓。走了一古里後，他開始打呵欠，臉色也變得蒼白，只好坦承他的飢餓。

「開始了……」傑曼說，「我就知道走不了多久，小傢伙就會吵鬧。」

「我渴了。」小皮耶說。

「那我們到蕾貝克嬷嬷開的小酒館吧！『黎明酒館』，這店名取得真美，可是屋子好寒酸。走吧，瑪麗，妳也來喝幾杯。」

「不，不，不用了。」她說，「你和皮耶進去就好，我來看守馬。」

「我記得妳早上把要當點心的麵包給了我的皮耶，妳沒吃東西，而且在我家時，妳也沒和我們一起吃飯，一直在哭呢。」

「唉！我不餓，我很難過。到現在也都沒食慾。」

「妳得勉強自己吃點東西，小瑪麗，要不然妳會生病。我們還有路要趕，總不能一到那邊，連『早安』都來不及問好，就跟別人討麵包吃。讓我作個榜樣吧，儘管我也沒胃口，但因為我還沒吃午飯，肚子會受不了。見到妳和妳母親在哭，我的心好難受。來吧！和我們一起進去，讓我把灰絲栓在門口，來吧，拜託。」

三個人走進蕾貝克嬤嬤的酒館。不到十五分鐘的時間，跛腳的胖婦人為他們端上一盤色澤美麗的煎蛋、一條全麥麵包和兩瓶淡紅色葡萄酒。

莊稼漢吃飯一直都很慢，加上小皮耶胃口大開，等傑曼想到要趕緊上路時，已過了一個小時。小瑪麗最初因禮貌而答應了傑曼的要求，一起進食，但吃著吃著，她也餓了，畢竟十六歲的年紀無法忍受長時間不吃東西，而且鄉下的空氣總讓人感到飢腸轆轆。傑曼的話安慰了她，也鼓勵了她。她試著說服自己，七個月很快就過了，她努力想像自己返回到家和村落時的幸福，因為莫里斯老爹和傑曼都答應要雇用她。當她心情轉好和小皮耶說笑時，傑曼卻做了個錯誤的提議。他要她從酒館的窗戶看出去，山谷的美景一覽無遺，多麼秀麗，多麼青翠，多麼沃腴。瑪麗望著，問道，是否可以從這兒看到柏萊村的房子。

「當然。」傑曼說，「看得到農場，也看得到妳家。喏，離科達那棵白楊樹不遠，比教堂大鐘低些的那個小灰點就是。」

少女說：「啊！我看到了。」隨即她又哭了起來。

「我不該讓妳想起這件事，」傑曼說，「我今天盡做些蠢事！走吧，瑪麗，上路吧！我的好姑娘，現在晝短夜長，再過一個小時，月亮升起後，氣溫就會開始下降了。」

他們繼續趕路，穿過一大片長滿蕨類植物的荒原，為了不讓瑪麗和皮耶太累，傑曼沒將灰絲趕得太快，因此當他們離開大路走向森林時，太陽已經下山。傑曼認得到瑪尼葉的路，但他認為從勃黑斯勒和賽普圖勒那邊過去，會比從尚特陸大道——趕集時走的路——更近些。所以迷失了方向，浪費了時間，等來到樹林前時，又走錯了入口，向著反方向前進，走到阿爾當那邊的高地上。

讓他們迷失方向的是夜晚襲來的一陣濃霧。那秋夜的濃霧，在皎潔的月色下更顯朦朧迷人。林中到處是一個又一個大水窪，瀰漫著濃重的水氣，只有當灰絲的雙蹄踏過噴濺起啪啪聲和牠費勁將馬蹄抽出泥沼時，才讓人驚覺水窪的存在。

他們終於找到一條筆直的道路，來到盡頭時，傑曼查看自己的所在，他發現自己迷路了，因為莫里斯老爹曾對他說，出了樹林後，會來到一段陡峭的險坡，接著穿過一大片廣大的草地，並且還需涉過那條有著淺灘的河流兩次。莫里斯老爹叮嚀他渡河要小心，因為在這初雨的季節，河水可能高漲。可是他現在沒看見斜坡，也沒見著草原及河流，只有一片覆蓋著白雪的曠野。傑曼停下腳步，尋找人家，等待過客，可是沒有過路人出現來指引他。因此，他往回頭路走，回到樹林。這時霧更濃了，月亮已完全被遮蔽，路變得更難走，泥沼也變得更深了。有兩次，灰絲幾乎要栽倒，載負著那樣的重量，牠失去了勇氣，即使保持著辨別力能避免撞上樹幹，卻避不了背上乘客和大樹枝的擦碰。那些和他們一般高的樹枝擋住了去路，使他們陷入險境。傑曼的帽子就被樹枝刮掉了，他費了很大工夫才把帽子找回來。小皮耶睡著了，小小的身子放鬆地就像一只袋子般任人馱負，他圈抱著父親的雙臂，導致傑曼無法好好拉住韁繩或控制方向。

「我想我們遇到魔神仔了。」傑曼停下來說，「這片樹林沒有大到能讓人迷路，除非喝醉了，可是我們在林子裡轉來轉去至少兩小時了，還走不出去。現在灰絲只想回家，但牠更讓我搞不清方向。如果我們想回家，只要讓牠帶路就行，但或許我們離預定過夜的地方只差兩步路，我一定是瘋了才會放棄，而走了那麼長的回頭路。但我現在束手無策了，我看不著天，見不到地，我擔心皮耶在這麼濕寒的濃霧裡會發高燒，而如果馬兒往前撲倒時，他會被我們壓傷的。」

小瑪麗說：「我們不要再固執，下馬吧！傑曼，把孩子給我，我會抱好他，移動時我會用披肩仔細裹住他，讓他溫暖。您抓住灰絲的籠頭就可以領著牠，說不定下馬後，我們會看得更清楚。」

這個建議讓他們免除從馬背摔下的危險，但濃霧瀰漫，好似牢實地緊貼在地面上。他們寸步難行，不久就感到疲憊不已，最後停在大橡樹下的一片乾地上。小瑪麗全身是汗水，但她既不抱怨也不煩憂。一心照顧孩子的她，在沙地上坐下，讓小皮耶繼續在她膝上睡著。傑曼則是將灰絲的轠繩繫在一根樹枝上，接著到處查看。

灰絲似乎對這趟旅行很厭煩，牠用力甩擺腰部，掙脫掉轠繩，弄斷了皮帶，跳躍了五、六次——跳得比自己的頭還高，然後就穿過矮樹叢跑了，好像是在表示牠不需要任何人幫牠找到回家的路。

「唉！」傑曼費了一番力氣也沒將灰絲抓回來。「我們得用走的了！無論什麼都無法幫我們找到對的路。我們必須涉水過河，既然路上都有積水，河水肯定是漫過了草地。我們不知道其他路，得等到這陣濃霧散去，時間應該不會超過一、兩個小時，等我們能看得清楚時，我們再找間房子，樹林邊上遇到的第一間房子，但現在我們走不出去……這裡有溝也有池塘，但不知道前面還有些什麼，也不知道我們身後有什麼，因為我不知道我們是從哪個方向來的。」

7 大橡樹下

「忍耐些吧！傑曼，」小瑪麗說，「我們落腳的位置並不壞，雨水不容易透進這些橡樹葉，而且我們還可以生火。這些鬆動的殘枝樹幹十分乾燥，很容易點燃。您有火吧，傑曼？我剛剛看見您抽菸斗。」

「我剛剛有，可現在沒有了！我的打火機和要給萊歐納家的野味都在馬鞍上的置物袋裡。該死的馬把所有的東西都載走了，甚至帶走我的大衣。牠一定會將它搞丟，或是讓樹枝劃破。」

「不，傑曼，馬鞍、大衣和置物袋都在那邊的地上，在你腳邊。灰絲弄斷了馬帶跑走時，把所有的東西都甩在一邊了。」

「天啊，真的！」莊稼漢說，「現在只要我們找到枯枝，就能把衣服弄乾，身子烤暖。」

「這並不困難啊！」小瑪麗回道，「地上到處都是喀喀作響的枯樹枝。請您先給我馬鞍吧！」

「為什麼？」

「要替小傢伙做床。不，不是這樣，要翻過來，這樣他才不會滾出來，而且馬鞍上還留有馬兒的熱氣。喏，把那邊的石頭撿過來，幫我將這兩邊墊好。」

「我看不到哪裡有石頭，妳的眼睛就像貓眼一樣。」

「喏！墊好了。傑曼，現在把您的大衣給我，我好包起他的小腳，然後再用我的外套蓋住他的身體。瞧，他是不是就像睡在床上一樣的舒服！你摸摸看，他的身體多暖和啊！」

「真的耶！瑪麗，妳真會照顧小孩。」

「這沒什麼大不了。現在，從您的袋子裡拿打火機來吧。我來擺柴火。」

「這些木柴點不著的，它們太濕了。」

「您真是什麼都不願相信，傑曼！難道您忘記放羊、下大雨時，在廣大的田野是如何升起火的嗎？」

「那是牧羊孩子們的本事，可我從開始學走路就是趕牛的。」

「這就是為什麼您的雙臂有勁，但雙手卻不靈活。喏，柴火堆好了，您看看點不點得著吧！給我打火機和一小把乾羊齒草。很好！現在吹氣吧。您沒有肺病吧？」

「就我所知並沒有。」傑曼回答，一邊像個風箱般地吹著氣。過了一會兒，火點燃了，先是發出紅光，最後在橡樹下燒起藍色的火焰，驅走了濃霧，烘乾了周圍十步遠的潮溼。

「現在，我要坐在孩子身旁，這樣火星才不會掉到他身上。」年輕的女孩說，「傑曼，請您再添些木柴，讓火燒得更旺！我向您保證，這樣我們就不會感冒發燒。」

「妳真聰明，」傑曼說，「妳就像夜裡的小女巫一樣會生火。我覺得好多了，也更有精神。溼答答的雙腿和需要在這裡待到天亮的想法，都讓我剛剛的心情壞透了。」

「當心情不好時就想不出好辦法。」小瑪麗接著回答。

「難道妳從來都不會心情不好嗎？」

「不會！從來都不會。那又沒好處。」

「的確沒好處。但當我們有煩惱時，該怎麼避免呢？老天知道妳不免也有煩惱，親愛的瑪麗，因為妳不是一直那麼的幸福！」

「是的，我和母親過得苦，我們有煩惱，但我們沒有失去勇氣。」

「我對工作也從來沒失去過勇氣。」傑曼說，「但貧窮可能使我不快活，因為我從未缺少過什麼東西。我的妻子使我富足，現在也是，只要我繼續工作，我就會繼續富足……我希望如此下去。但每個人都有自己的煩惱，我就會為其他的事煩心。」

「是的，您失去了妻子，這是很可憐的！」

「是吧？」

「啊！我也曾為她哭泣，傑曼！因為她是個大好人。好了，我們別再說了，因為我又想哭了，今天所有的難過全回來了。」

「她的確很喜歡妳，小瑪麗！她很在乎妳和妳母親。好了。妳在哭嗎？看吧，我的女孩，我沒哭，我……」

「可是您在哭啊，傑曼！您也在哭！一個男人為妻子哭有什麼關係？別難為情，哭吧！我和您一起分擔這個痛苦。」

「瑪麗，妳人真好，和妳一起悼念她，我心情好多了。靠近火堆一些吧，妳的裙子溼透了，可憐的女孩！喏，換我坐到小傢伙身邊，這樣妳可以取暖些。」

「我夠暖和了。」瑪麗說，「如果您要坐下的話，就把大衣的衣角拉去蓋吧。我這樣已經很舒服了。」

「說實在的，我們還挺舒適的。」傑曼挨著她身邊坐下，「但飢餓讓我有點難受。現在已經晚上九點鐘，剛剛走了那些難走的路，我累壞了。妳不餓嗎，瑪麗？」

「我嗎？一點也不。我不像您習慣吃四餐，我常常不吃晚餐就睡覺，所以少這一餐也不奇怪。」

「像妳這樣的女人[1]多好，不用花錢。」傑曼微笑地說。

「我不是女人，」瑪麗天真地回答，沒察覺莊稼漢的弦外之音。「您在作夢嗎？」

「嗯，我想我在作夢，」傑曼說，「是飢餓讓我胡言亂語吧！」

「您肚子還真容易餓！」瑪麗接著說，語氣變得較快樂。「好吧！如果您五、六個小時不進食就受不了的話，您的袋子裡不是有野味和可以將牠們烤熟的打火機嗎？」

「哇！這主意真好！但我未來岳父的禮物怎麼辦？」

「您有六隻竹雞和一隻野兔！我想您不用將牠們全部吃光才會飽吧！」

「可是這裡既沒鐵叉，也沒烤爐，野味會變焦炭的。」

「不會。」小瑪麗說，「我負責用這些沒有煙味的柴灰幫您烤熟。難道您從沒在田裡抓過雲雀，然後把牠夾在兩塊石片中間烤熟嗎？啊，對了！我忘記您沒放過羊。您把竹雞的毛拔下來吧。別這麼用力，您會把牠的皮扯下來的。」

「妳可以拔另一隻雞的毛，示範給我看。」

「您想吃兩隻嗎？真是大胃王！喏，毛拔好了，我來烤吧。」

「小瑪麗，妳真是一名很棒的賣酒女，可惜妳沒有裝酒的箱子，我也只能喝這池塘裡的水了。」

「您想喝酒嗎？或許還來杯咖啡？您以為您現在是在市集上，在樹枝搭成的布棚下，叫酒店老闆拿瓶酒來給柏萊村最棒的莊稼漢？」

「噢！小壞蛋，妳在取笑我？如果有酒的話，妳不也會喝嗎？」

「我嗎？今天我在蕾貝克嬤嬤那兒是我生平第二次喝酒。如果您聽話的話，我會給您一瓶幾乎全滿的紅酒，而且還有好吃的東西。」

---

1 法文中的女人（une femme）和妻子是同一個字。

「什麼，瑪麗，妳真是個小女巫嗎？」

「您不是在蕾貝克嬤嬤那兒瘋狂地點了兩瓶酒嗎？您和小傢伙喝了一瓶，而放在我面前的那瓶，我只喝了幾口。您沒留意就付了兩瓶的酒。」

「所以呢？」

「所以我就把沒喝完的那瓶酒放進我的籃子裡，因為我想您和小傢伙在路上會渴的。喏，酒在這裡。」

「妳是我見過想得最周到的女孩。瞧，剛剛離開小酒館時還哭呢！可是居然沒忘記替別人和自己著想……小瑪麗，將來娶妳的人一定不是個傻子。」

「我也希望不是，因為我不會愛上一個傻子。吃您的竹雞吧，牠們已經烤熟了。沒有麵包，就將就吃些栗子吧。」

「這些栗子又是從哪兒來的？」

「這又有什麼好驚訝！路上到處都有。我沿途從樹枝上摘下來的，裝滿了整個口袋。」

「栗子也烤熟了嗎？」

「點火時，如果我沒想到把它們放進柴火中一起煨烤，那我還算什麼聰明的女孩？這在田野間是很常見的。」

「既然這樣，小瑪麗，讓我們一起吃晚餐吧！讓我祝妳健康，祝妳找到一名好丈夫——一個妳理想中的丈夫——說說妳喜歡的類型吧！」

「我不知道，傑曼，因為我從沒想過。」

「什麼！沒想過？從來都沒有嗎？」傑曼問道，接著像名莊稼漢大口地吃了起來。他將最好的肉塊切下來給他的女伴；但後者固執的拒絕，說自己只要吃幾顆栗子就夠了。「告訴我，小瑪麗，」見她未回答自己的問題，傑曼又開口問道，「妳從沒想過結婚嗎？但妳的年紀也到了啊！」

「或許吧，」她說，「但我太窮了。我至少需要一百個埃居才好出嫁。我還需要工作個五、六年才會存到這筆錢。」

「可憐的女孩！真希望莫里斯老爹給我一百個埃居，我就可送給妳。」

「太感謝了，傑曼。但人家會怎麼說我呢？」

「妳想他們會怎麼說？人們知道我太老，不能娶妳。所以他們不能忍受我……妳……」

「喏，傑曼！您的孩子醒來了！」小瑪麗說。

8 晚禱

小皮耶坐起身，若有所思地四處張望。

「只要聽到吃的，他決不放過，」傑曼說，「大砲聲無法吵醒他，但只要我們在他旁邊動動牙床，他馬上就會醒來。」

小瑪麗慧黠地微笑：「我想您在他這個年紀也是這樣的。小皮耶，你在找你的床頂嗎？今晚，你的床頂是綠葉搭成的，我的孩子。你爸爸正在吃飯，你要和他一起吃嗎？我沒吃掉你的那份，因為我知道你會想吃！」

「瑪麗和我們一起吃吧！」傑曼說，「要不然我也不吃了。我嘴饞，是個粗人，而妳什麼都留給我們；這樣不公平，也讓我感到羞愧。喏，我不想吃了，如果妳不吃的話，我也不讓我兒子吃。」

「別管我們，」小瑪麗回答，「您不能控制我們的肚子。今天，我的肚子關起來了，而小皮耶的胃口大開，像頭飢餓的小狼。瞧他的吃法！以後，他一定是個粗壯的漢子！」

的確，小皮耶的舉止揭露了他和傑曼的血緣關係。他一覺醒來，還不知自己身處何處、如何來此，就狼吞虎嚥地大吃起來。吃飽飯後，小皮耶像是跳脫常規的孩子一樣興奮不已，比平常更古靈精怪、好奇又多問。他問自己在何處，得知在樹林後，便露出了害怕的神情。

他問爸爸：「樹林裡有兇惡的野獸嗎？」

「沒有。」爸爸說，「絕對沒有，你不用害怕。」

「所以，你說如果我跟你來就會被狼叼走，是騙我的囉？」

傑曼難為情地回答：「瞧他多會說話。」

「他沒說錯，」小瑪麗接話，「您的確這樣說過。他記性好，想起了你說過的話。不過小皮耶，你爸爸永遠不會撒謊，當你睡覺時，我們走過了大森林，現在我們在小樹林裡，這裡沒有兇猛的野獸。」

「小樹林離大森林很遠嗎？」

「夠遠了，而且野獸不會從大森林走出來。更何況，就算牠們來這兒，你爸爸會把牠們通通殺光。」

「妳也會嗎，小瑪麗？」
「我們都會，因為你會幫我們，不是嗎？你不會害怕，對吧？你會打牠們。」
「對啊，對啊！」小皮耶驕傲了起來，擺出一副英勇的姿態，「我們會把牠們全殺光。」
「沒有人能像妳這樣，那麼會跟小孩說話，」傑曼對小瑪麗說，「也沒有人能像妳一樣，能叫他們聽話。之前妳還是個小孩，所以妳記得妳母親是怎麼跟妳說話的。我想人愈是年輕愈容易跟小孩相處。我擔心一名三十歲還沒做過母親的女人，到底懂不懂得和這些小寶貝嘰嘰喳喳？」
「為什麼不懂，傑曼？您為什麼對她有偏見？您會改變想法的！」
「別跟我提這個女人！」傑曼說，「我真想反悔，那就不用去她那兒。我不需要一個不認識的女人！」
「親愛的爸爸，」小皮耶說，「為什麼你今天一直在說你太太[1]，她不是死了嗎？……」
「唉！你沒忘記你親愛的媽媽吧？」
「沒有，我看到她躺在白色的木棺裡。外婆帶我去親她，跟她道別。……她臉色蒼白，身體冰冷，每天晚上，舅媽教我向上帝禱告，祈禱她進入天堂得到溫暖。你想她現在在天堂嗎？」

「我也希望。孩子，但要繼續禱告，這樣你媽媽才會知道你愛她。」

小皮耶說：「我要禱告了，我今天晚上還沒禱告，但我不會自己禱告，我會忘詞，小瑪麗，妳必須幫我。」

「好的。小皮耶，我會幫你。」年輕女孩說，「來，跪在我身邊。」

孩子跪在女孩的裙角上，雙手合十，開始禱詞。剛開始，他全神專注，充滿熱情，因為他十分熟悉最先的禱詞。慢慢的，他放慢了速度也多了遲疑，最後更是一字一句地照著小瑪麗說的詞兒唸；每晚當他唸到這邊就打起瞌睡，從來沒能把這段背熟——這次也一樣，費神地集中專注力及單調的誦唸讓他如同往常般打起盹來。小皮耶費勁地發出最後幾個音節，甚至還讓瑪麗重複了三遍。最後，他頭部漸沉地俯靠在瑪麗胸膛間，雙手放鬆地垂放在膝上就這樣睡著了。藉著臨時的火光，傑曼看著自己的小天使依偎在年輕女孩的懷中，後者將他抱在臂彎裡，用純潔的呵護溫

---

1 法文中的女人（une femme）和妻子是同一個字。

暖他金黃色的頭髮，然後沉浸在一種虔誠的意象，為凱瑟琳的靈魂祈禱。

傑曼非常感動，試圖想說一些感激和佩服的話語，但怎麼想也想不到能適切表達自己意念的說詞。他挨近瑪麗，想親吻被她緊抱在懷的兒子，卻很難叫自己的嘴唇從小皮耶的額前移開。

「您太用力了。」瑪麗說道，輕輕地推開莊稼漢的頭。「您會弄醒他的。我還是把他放下吧。現在，他一定夢到了天堂。」

小皮耶任憑別人將他放下，當他躺在羊皮的馬鞍上時，他問自己是不是在灰絲背上。接著，他張開藍色的大眼，呆望著樹枝一分鐘，像是醒著作夢般，或是臨睡前想起白天鑽進腦海裡的一個念頭……「親愛的爸爸，」他說，「如果你要給我另一個媽媽，我希望她是小瑪麗。」

沒等到父親的回答，他就閉上眼睛睡著了。

9 冒著寒冷

小瑪麗對小皮耶說的奇怪話語並未在意，只當作是友誼的表示。她用外套將小皮耶的身子裹緊，重新撥旺了柴火，眼看沼澤上的霧氣並未散去，她建議傑曼在火堆旁稍作休息。

「早看出您累了。」她說，「因為您不說話了，而且看柴火的模樣就跟您寶貝一個模樣。去吧，快去睡吧，我替您和孩子守著。」

「該睡覺的人是妳，」莊稼漢回道，「我會守著你們，因為我沒有一丁點兒睡意，我腦袋裡有五十個念頭。」

「五十個念頭，還真多，」小女孩語帶調侃，「有的人腦袋裡只要有一個念頭就很幸福了。」

「就算我沒有五十個念頭，至少也有一個，它困擾了我一個小時。」

「我知道您在想什麼，也知道您之前的想法。」

「那麼說來聽聽，瑪麗，如果妳猜到了，我會很高興。」

女孩接著說：「一個小時前，您想到食物……現在您想睡覺了。」

「瑪麗，我只不過是個放牛的，而妳卻把我當成了一頭牛，妳是個壞女孩，我知道妳不想和我聊天，睡吧，總比數落一個悶悶不樂的傢伙好些。」

「如果您想聊天，就說吧。」女孩邊說邊半躺在孩子身邊，將頭靠在馬鞍上。

「您在自尋煩惱，傑曼，您對於這件事表現得不像男人般勇敢。如果我不盡力掩飾我的悲哀？那我該怎麼辦？」

「是啊，那正是我所擔憂的，我可憐的孩子！妳離開家人，到那麼遠又滿是曠野和沼澤的糟糕地方生活，妳會染上秋天的寒熱病，而且小羊們在這種生活條件下也不容易長大，這對一名盡責的牧羊女來說是難受的事。總之，妳要跟一群陌生人過生活，他們或許不會善待妳，也不知道妳的珍貴……想到這兒，我就感到無法言喻的難過，我想帶妳回去妳母親身邊，而不是去奧爾摩。」

「親愛的傑曼，你說的話真貼心，但卻不理性。我們跟朋友是不說喪氣話的，與其告訴我命運悲慘的一面，你應該告訴我好的那一面，就像你在蕾貝克嬤嬤那兒吃點心時所說的那些話。」

「有什麼辦法呢？那個時候，我的感覺是那樣，但現在想法不同了，我覺得妳最好找個人嫁了。」

「這是不可能的，傑曼，我跟您說過了。既然不可能，我也沒想過。」

「萬一有可能呢？如果妳願意把妳喜歡的類型告訴我，或許我能想到一個人選。」

「想到不等於找到。我，什麼都不想，因為那是沒用的。」

「妳不想找一個有錢人嗎？」

「不，當然不想，因為我像約伯（《聖經》中最貧窮的人）一樣貧窮。」

「要是他富有，就能給妳住好、吃好、穿好。一家子都是正直的人，而且還讓妳照顧妳母親？」

「哦！要是能這樣就太好了！照顧我母親是我全部的心願。」

「如果有這樣的機會，就算那男子並不年輕，妳也不會太挑剔吧？」

「啊！原諒我，傑曼。這正是我在意的，我不喜歡年紀太大的人。」

「如果是老人，那當然不好，但如果像我這個年紀呢？」

「傑曼，您對我來說就是太老了。我比較喜歡像巴斯汀那年紀的，即使巴斯汀長得沒您好看。」

「妳喜歡餵豬的巴斯汀嗎？」傑曼語帶不快，「那個眼睛長得像他照顧的豬隻的男孩？」

「因為他只有十八歲，所以我不在乎他的眼睛。」

傑曼覺得自己妒火中燒，「我看妳是愛上巴斯汀了。這真是個奇怪的念頭，不是嗎？」

「對，這是個怪念頭。」小瑪麗咯咯地嬌笑，「他會是個很怪的丈夫。他相信別人要他相信的一切。就像有一天，我在牧師家的院子裡撿了一顆番茄，我跟他說那是一顆紅色漂亮的大蘋果，他便像饞鬼般地將番茄吞了下去。您真該看看他的模樣，老天，真的好醜！」

「既然妳這樣嘲笑他，那就代表妳不愛他囉？」

「我的確不喜歡他，但不是因為這個原因。我不喜歡他對他妹妹很粗魯，而且又很骯髒。」

「那妳對其他人有意思嗎？」

「這關您什麼事，傑曼？」

「當然不關我的事，我只是隨便聊聊。小女孩，我看妳心裡有喜歡的對象了。」

「不，傑曼，您搞錯了，我沒有喜歡的人。或許以後會有的。但既然我得要有點積蓄才能結婚，那我注定晚婚，也注定要嫁給年紀大的人。」

「那就現在嫁給一個年紀大的人吧！」

「不行！等我不再年輕時便無所謂，但我現在還年輕，那就有差別。」

「我明白了，瑪麗，我不討妳喜歡，這很明顯。」傑曼氣惱地說，沒有衡量自己的用詞。

小瑪麗沒有接話，傑曼彎下腰，探見她睡著了。她像是被疲憊擊中般突然就沉睡了，就像那些早已闔眼卻還咿咿呀呀的孩子們。

傑曼慶幸瑪麗沒有聽到自己最後說的那句話，他承認那句話並不高明。他背過身去，放鬆情緒，試著轉換念頭。儘管如此，他還是睡不著，滿腦都是自己剛剛說的話。他繞著火堆來來回回地轉了許多圈，最後感覺自己像吞了大砲火藥般的焦躁不安。他靠在兩個孩子待的那棵樹上，看著他們沉睡。

傑曼心想：「不知道為什麼我從沒發現小瑪麗是村裡最漂亮的女孩！……她的氣色雖略顯蒼白，但那張小臉嬌豔得就像灌木叢裡的薔薇，多漂亮的雙唇和可愛小巧的鼻子啊！以她的年紀來說，她不算高，就像隻小鶺鴒，體態輕盈地像一隻小雲雀！我不懂為什麼村裡的人總喜歡高大粗壯，臉色紅潤的女人……我的妻子纖細蒼白，但我卻十分喜歡……小瑪麗面容細緻，身材瘦小，但不代表她不健康，她漂亮得就像一匹白色的羔羊，而且溫柔、正直；即便閉上雙眼，還是可以從她眼中見到她的良善。說到聰明才智，她甚至還比我親愛的凱瑟琳更勝一籌，和她在一起，一點也不無聊。她樂觀、聰明、勤奮、多情又有趣，男人還能奢求比她更好的女人嗎？」

「我想這些有什麼用？」傑曼換了個角度思考，「岳父不會聽我的，而且全家人會把我當成瘋子！更何況，她不喜歡我，這可憐的孩子！她不是說了嗎，她覺得我太老……她沒有興趣。為了將來可以忠於自我，獻身給那個她喜愛的丈夫，她現在願意忍受悲傷和痛苦，穿著破舊的衣服，一年之中忍受兩到三個月餓著肚子……哦，她是對的！如果我是她，我也會這麼想……如果從現在起，我可以照我的想法結婚，那與其締結一段我不歡欣的婚姻，我會選擇我中意的女孩……」

傑曼愈是設法說服自己，情緒愈是難以平靜。他踩著步，消失在霧裡，然後又走回來，跪在兩個熟睡的孩子身邊。有一次他想輕吻一手圈住瑪麗頸部的小皮耶，但卻失錯地靠向瑪麗；女孩感到自己雙唇上有股溫熱的氣息，驚慌地醒了過來，吃驚地看著傑曼，不知道他在做什麼。

「我沒看到你們，可憐的孩子們！」傑曼連忙讓開，「我差點跌在你們身上，撞疼你們了。」

小瑪麗天真的相信了，然後再度睡去。傑曼繞過火堆，向上天起誓，在瑪麗醒過來前，自己不會再亂動。他做到了，花了許多氣力信守承諾。他以為自己會因此發瘋。

快到午夜時，霧終於散去。傑曼在樹枝間看到閃爍的群星。月亮也從霧氣中探出頭來，在濕潤的青苔上撒下晶透如鑽石的月光。橡樹樹幹靜穆深邃，遠處，白樺樹的枝幹彷彿一排裹著屍布的幽靈。營火倒映在沼澤中，蛙群們漸漸習慣了火光，冒險地發出尖銳卻怯懦的鳴音，老樹嶙峋的枝幹上佈滿了蒼白的苔蘚，像是瘦弱的手臂，在這些露宿者的頭上伸長交錯著。這是個美麗的地方，但卻荒涼悲傷。苦悶的傑曼開始唱起歌，他將石子投進水塘裡，企圖擊退這因寂寞而生的可怕煩悶。他也想吵醒小瑪麗，當他見到她醒來在查看時間時，他建議她重新上路。

「再過兩個小時，」他對她說，「天快亮的時候，空氣會變得寒冷，就算有營火，我們也會受不了……現在，我們看得到路，或許能找到接待我們的人家，或是至少找間穀倉，在那兒度過剩下的夜晚。」

瑪麗沒有太多想法，雖然她很想睡，但她還是聽從傑曼的話。

傑曼將兒子抱在懷裡，沒有吵醒他。因為女孩不願將她包覆在小皮耶身上的外套取下來，傑曼便要小瑪麗挨近自己，躲在他的斗篷內。

當他感到女孩的貼近時，一度豁然開朗的傑曼又心煩意亂起來。有兩三次，他突然走開，讓她獨自走著，但當他發現女孩跟不上時，又等著她，將她用力地拉向自己。瑪麗被摟得很緊，她很詫異，甚至有點生氣，但卻不敢表明。

由於他們不知道自己是從什麼地方出發的，因此也不知道現在是朝哪個方向前進。他們再次走過整片樹林，發現自己依然面對著曠野，只好繼續前進，轉來轉去，走了很久之後，終於見到了樹枝間的亮光。

「喏，有間房子。」傑曼說，「已經有人醒來了，因為有火光。快早上了嗎？」

但那不是一間房子……是他們剛才出發時所掩滅的營火，之後又被微風吹燃了……

走了兩個小時，他們又回到剛剛出發的地方。

10
星空下

傑曼跺著腳：「我放棄！我們被詛咒了！一定是這樣的……除非等到天亮，要不然我們走不出去了！這裡一定有鬼在作怪！」

「好了，好了，別生氣了！」瑪麗說，「讓我們打定主意吧！我們可以生一堆較大的火，孩子包得很暖和，絕不會著涼，而我們在外露宿一晚也不會有危險。您把馬鞍藏在哪兒了？傑曼。哦，原來是在冬青樹裡，拜託，要撿回來還真容易！」

「喏，妳來抱好孩子，我去從冬青樹裡把他的床拉出來，免得妳的手被刺傷。」

「拿出來了！床在這兒了，手被刺幾下沒關係，又不是被捅了幾刀。」勇敢的女孩說道。

瑪麗重新安排小皮耶睡下。男孩睡得很熟，對剛剛發生的一切全然不知。傑曼燒了許多柴火，照亮了四周；小瑪麗敵不過疲憊，雖沒有抱怨，但已站不穩了。她臉色蒼白，寒冷和疲倦讓她打起牙顫。傑曼抱住她，替她取暖，焦慮、憐憫和難以抗拒的溫柔湧上心房。他的舌頭奇蹟似地活了起來，不再感到窘迫。

「瑪麗，」他說，「我喜歡妳，不能討妳喜歡，讓我很難過。如果妳願意接受我成為妳的丈夫，那岳父、雙親、鄰居和其他人的忠告，都不能阻止我將自己交給妳。我知道妳會讓我的孩子們幸福，妳會教他們牢記他們的母親。這樣我就心滿意足，沒什麼好擔心的。我一直對妳有好感，現在，我覺得自己好愛妳，就算妳要我這輩子都聽妳的話，我也可以馬上發誓說好。妳看，我有多麼愛妳，忘掉我的年紀吧！相信一名男子超過三十歲就是老頭子的說法是錯誤的，更何況我只有二十八歲！只因為不符合當地習俗，年輕女孩便害怕嫁給比自己大十歲或十二歲的男子！我聽說在其他地方有完全不一樣看法，大家會替年輕女孩找一個依靠，把她嫁給一名睿智又勇敢的男子，而非一個沒定性、以為是好人，結果卻是個大壞蛋的年輕小夥子。再說，年齡不等同年老，精力和健康才是最重要的。當一個男人因過度工作、貧困或放蕩行為耗盡體力，不用等到二十八歲，他就顯老了。可我……妳沒在聽我說話，瑪麗。」

「有。傑曼，我在聽。」小瑪麗說，「但我想起母親常說的話，如果一個六十歲女人的丈夫已經七十或七十五歲，沒有辦法工作養她，那麼她會很可憐。他成了廢人，還必須靠她照料，而她也正是需要照顧和休息的時候，如此一來，他們只會愈來愈窮。」

「我承認父母這麼說是對的。」傑曼說，「但他們其實犧牲了妳的青春，這最美好的部分，讓妳等到一個不再那麼美好的年紀，那個不管怎麼樣都無所謂的年紀。而我，沒有年老餓死的危險，我甚至還有積蓄，因為我做過很多工作，又和岳父岳母同住，花不了什麼錢。更何況，我愛妳；妳知道，這會讓我永保青春。人家說，當一個人快樂的時候就可以保持年輕。我感覺自己比巴斯汀年輕，比巴斯汀更適合愛妳；因為他不愛妳，他太蠢了，太孩子氣了，不懂妳的美麗和賢慧，不懂妳的價值。拜託，瑪麗，別討厭我，我不是壞人。我曾帶給我的凱瑟琳幸福。她臨終前躺在床上對天父說，她很開心有我，她告訴我要再婚。而今晚，她的靈魂似乎在和她兒子說話，就在小皮耶快要睡著的時候……妳沒聽到他說的話嗎？他的小嘴顫抖著，雙眼望向遠方，看著某種我們看不到的東西……他一定是見到了他的母親，一定是她要他說，他想妳當他媽媽。」

「傑曼，」瑪麗感到十分吃驚，她若有所思地回答，「您很誠懇，您說的話也都是真的。我知道我應該要愛上你，如果這不會讓您的岳父母感到不滿意的話。但您要我怎麼辦呢？我的心沒有向著您，雖然我很喜歡您，而您的年紀也沒讓您變醜。但我很害怕，您在我心中有一定的分量，就像是叔叔或教父一樣，我敬重您。您有時把我當成一名小女孩，而不是您的女人或同輩。總之，我的朋友會取笑我，雖然在意這件事是很愚蠢的，但我相信，結婚那天，我會覺得丟臉甚至有點傷心。」

「這些都是小孩子的藉口，妳說話完全像個孩子，瑪麗！」

「沒錯！我就是一個孩子啊！」她說，「這就是為什麼我害怕太理性的男人。您看，我配您是太年輕了，您已經開始在責備我說話不經思考了！像我這樣的年紀，不可能擁有更多的理智啊！」

「唉！老天，我真笨，竟把自己的想法表達得這麼糟糕。」傑曼大叫，「瑪麗，您不愛我，就是這樣！您覺得我太坦率、太笨拙。如果您有一丁點愛我，就不會將我的缺點看得這麼清楚。事實就是這樣，您不愛我。」

「可這不是我的錯啊！」女孩回答，為傑曼改變了稱謂感到有些傷心。「在您說話的同時，我盡力想愛您，但只要我愈試著愛您，我就愈難相信我們可以成為夫妻。」

傑曼沒有回應。他將臉埋進雙手裡，小瑪麗猜不出他是哭了？賭氣？還是睡著了？見他如此鬱悶，自己又猜不透他的心思，小瑪麗不安了起來，但她不敢再和傑曼多談，她對剛剛發生的事情感到太吃驚，因此完全沒了睡意。她一邊顧著營火一邊守著好像被傑曼遺忘的小皮耶，希望天趕快亮起來。傑曼根本沒有睡著，他既沒有思索自己的命運，也沒有大膽地計劃該如何吸引瑪麗。他痛苦著，感到自己的胸口壓著如山般沉重的煩悶。他真想一死了之，因為所有的事情都很不順遂；如果可以，他想痛快地大哭一場，但他有些氣自己又有點傷心，他不能也不願說些什麼，覺得就像要窒息般痛苦。

當天色亮起，鄉野林間的吵雜聲告訴傑曼已經天亮時，他抬起頭，站起身。他看見瑪麗清醒著，但他不知道要說什麼來表示他的關心。他完全失去了勇氣。他將灰絲的馬鞍重新藏進灌木叢裡後，揹起置物袋，牽著他的孩子。

「瑪麗，現在該繼續我們的旅程了。妳要我陪妳去奧爾摩嗎？」

「等我們走出樹林，」她說，「知道了我們的位置，就各走各的吧！」

傑曼沒有回答。年輕女孩表示不需他的陪伴讓他很受傷，可是他卻沒有發現自己問話的語調肯定會迎來一個拒絕。

他們走了約兩百步遠的距離後，遇到一名樵夫指引了他們正確的方向。樵夫向他們解釋，他們走過草地後，一個只要直走，另一個左轉，就可以到各自要去的地方；而且這兩個地方很近，人們從奧爾摩的農莊上可以看到福爾居的房舍，反之亦然。

他們謝過樵夫，繼續向前走。但樵夫叫住了他們，詢問他們是否丟了一匹馬。樵夫對他們說：「我在院子裡撿到了一匹漂亮的灰色牝馬，牠八成是被狼群追趕，所以跑到我那兒。我的狗兒們吠了一整夜，早上我發現牠躲在我的儲藏室底下，牠現在還在那兒。走吧，如果你們認得牠，就把牠帶走。」

傑曼描述了灰絲的特徵，確定是牠之後，他便轉身要走回去拿牠的馬鞍。小瑪麗提議她先帶小皮耶到奧爾摩，等傑曼去過福爾居之後再來接他。

「經過一夜的折騰，他有點髒了，我幫他把衣服洗一洗，臉擦一擦，頭髮梳一梳，等他變得漂亮又有精神後，您就可以將他介紹給您的新眷屬。」

「誰說我要到福爾居去？」傑曼不高興地回答，「也許我不去了！」

「會的。傑曼，您應該去，而且您會去。」少女說道。

「妳急著要我和另一個女人結婚，好確保我不會來糾纏妳？」

「好了！傑曼，別再這麼想了！都是昨晚的遭遇讓您的頭腦混亂，現在您必須恢復正常，我保證我會忘記您說過的話，而且也不會告訴任何人。」

「如果妳想說就說吧，我從不否認自己說過的話，更何況我對妳說的都是真的，是真心的，我不會因此在任何人面前臉紅。」

「我了解，但您的妻子若是知道您在快到她家時，心中還想著另一個女人，鐵定會不開心的。從現在起，您說話要當心，別在眾人面前用奇怪的眼神看我。想想信任您的莫里斯老爹，他若是知道我壞了他的好事，一定會生我的氣。再見，傑曼，我把小皮耶帶走了，這樣您才會去福爾居，就當是我替您保管一件抵押品吧。」

「你要跟她去嗎？」傑曼問兒子。他看到男孩抓著小瑪麗的手不肯放，似乎決定跟她一起走。

「是的，父親。」男孩回答。他照著自己理解的方式回應大人們剛剛不避諱的談話，「等你結完婚再來找我，但我要瑪麗當我親愛的媽媽。」

「妳看，他要妳當他媽媽！」傑曼對女孩說道。「聽好了，小皮耶，」他補充說明，「我也想她當你母親，和你永遠在一起，是她不願意……讓她答應你——她拒絕我的事吧。」

「放心吧，父親，我會讓她答應的。小瑪麗總是會答應我的請求。」

小男孩和年輕女孩離去了，留下傑曼一個人。他比任何時候更難過也更猶豫。

11 村莊的寡婦

當傑曼將旅途中弄亂的衣服和裝備整理好，騎上灰絲往福爾居的方向前進時，他知道自己已經無路可退，他必須忘掉昨晚那場像惡夢般的騷動。

他看到萊歐納老爹坐在白色屋子前面的翠綠色長凳上。大門前有六級石階，因此這房子一定有一個地窖。庭院和麻田的圍牆都塗著石灰和細砂。這是一間漂亮的房屋，有點像中產階級的住所。

未來的丈人歡迎著傑曼，他花了五分鐘的時間向傑曼詢問莫里斯全家的近況，接著客氣地問了他的來意：「您是來這裡散步的嗎？」

「我是來探望您的。」莊稼漢回道，「我替我岳父送來這些野味，還有替他傳話，您應該知道我的來意。」

「啊！啊！」萊歐納老爹笑著說，他拍拍自己圓滾滾的肚子。「我看出來了！明白！我心裡有底了！」他眨著眼，補充道：「年輕人，您不是唯一來這兒奉承的人，另外有三個人和您的來意相同。我呢，不會打發任何人，也很難判斷誰好誰壞，因為您們都是不錯的對象。可是為了莫里斯老爹和您耕作田地的好功夫，我寧願是您被選上。不過，我女兒是成年人，是她自己財產的支配者，因此她會照自己的意思去做。進來打招呼吧！希望您雀屏中選！」

「對不起，請原諒。」傑曼回答。他原以為只有自己前來，卻意外得知成了眾多追求者的其中一個。「我不知道您的女兒已有其他追求者，我來這兒，不是為了和別人爭奪她的。」

「若您以為您來遲了，我的女兒就沒人追求的話，那您真是大錯特錯了。」萊歐納老爹不改剛剛的好心情，「凱瑟琳擁有吸引追求者的特質，她只是難以做選擇。進屋裡去吧！我跟您說，別失去勇氣，她是值得您放手一搏的女人。」他帶著粗野的愉悅，邊推著傑曼邊走進屋，大聲叫道：「喏，凱瑟琳，又來了一名！」

在其他的追求者面前，被用這種輕鬆但卻鄙俗的方式介紹給寡婦，傑曼感到十分困窘且不滿。他顯出笨拙，許久不敢抬眼正視寡婦和其他追求者。

格漢寡婦身材玲瓏，頗具姿色，但傑曼第一眼看到她的表情和裝扮就覺得反感。她看起來大膽自滿，鑲了三層花邊的帽子、絲綢圍裙和黑綢頭巾，都與傑曼心中嚴肅端莊的寡婦形象相差甚遠。

這樣講究的裝扮和不羈的舉止，讓傑曼覺得她又老又醜，即使事實並非如此。傑曼認為這樣的衣著和活潑的態度更適合小瑪麗的年紀和機智。寡婦的玩笑太大膽又粗魯，裝扮也顯俗氣。

三名追求者圍坐在擺滿酒肉的桌子旁，萊歐納老爹喜歡炫耀財富，所以星期天早上就準備了充足的食物供賓客享用。寡婦也樂於擺出她漂亮的餐具，像一個女財主般地接待賓客。質樸的傑曼很容易相信他人，但他也觀察透徹，今天是他第一次懷著戒心和別人乾杯喝酒。萊歐納老爹硬要他和競爭者們並肩而坐，自己則坐在他的對面，殷勤款待他，也對他特別偏愛。而傑曼帶來的野味即使已經被吃掉了一部分，仍顯得很豐盛並引人注目。寡婦見此十分高興，其他的追求者則是投以輕蔑的目光。

傑曼在這種情況下坐立難安，食不知味。萊歐納老爹拿他開玩笑：「瞧您，愁眉苦臉的，您是在跟酒杯賭氣吧！別讓愛情壞了您的食慾，您餓著肚子怎能比黃湯下肚的人更妙語如珠？」傑曼對主人以為他陷入情網，感到有些羞澀。寡婦則故意擺出嬌羞態，她垂下眼，露出微笑，一副很有自信的模樣。傑曼很想否認，但基於禮貌，他只能微笑地忍耐著。

在他眼裡，寡婦的三名追求者根本就是三個粗野的人。他們一定很富有，寡婦才會答應他們的追求。一個已經四十多歲，身材和萊歐納老爹一樣肥胖；一個只有一隻眼睛，而且已經喝到醉茫茫；另一個則是漂亮的年輕小伙子，他老想賣弄才學，但他說出來的話索然無味，讓人覺得他平庸又可憐。寡婦咯咯嬌笑著，好像很喜歡他說的話，這代表她的品味其實並不高。最初，傑曼以為她喜歡這人了，等他發現自己正被鼓勵著，他被期待該更主動時，他便有了理由來表現得更嚴肅更冷漠。

彌撒的時間到了！大夥兒起身準備走到半法里遠的梅爾茲。傑曼累壞了，雖然他希望能小睡休息一下，但他從不缺席彌撒，因此和其他人一同上路。

街上擠滿了人，寡婦一臉自傲地走著。被三名追求者簇擁的她，時而牽著其中一名的手臂，時而挽著另一名的臂彎。她很想讓路人們看看第四名追求者，可是傑曼覺得當著眾人面前，和其他人一起追逐著一名女子是十分可笑的，因此他和他們保持一定的距離。他跟在萊歐納老爹身邊，聊天說笑，好讓自己看起來不像是和他們一起的。

12 農場主人

當他們到達村莊時，寡婦停下來等他們；她要帶著全班人馬一起進去，但傑曼不想滿足她的自大，因此他從萊歐納老爹身邊走開，跟幾位熟識的人說話，並從另一扇門進去，寡婦為此十分不高興。

彌撒之後，她洋洋得意地在眾人跳舞的草地上，連續和三名追求者跳舞。傑曼看著她，覺得她舞跳得不錯，但很做作。

萊歐納老爹拍拍他的肩說：「喏……您不跟我女兒跳舞嗎？您未免太害羞了吧！」

莊稼漢說：「我妻子過世之後，我就不再跳舞了。」

「既然您要追求另一名女子，那您心中的悲傷就該跟喪服一起脫下。」

「這不是理由，萊歐納老爹，再說，我覺得自己年紀太大，不再喜歡跳舞。」

萊歐納老爹將傑曼拉到安靜的地方說話：「聽著，我知道您來我家時，看到滿屋子的追求者很不開心。我知道您很自豪，但這並不合理，我的孩子。我女兒習慣了人們獻殷勤，更何況，她喪期結束已經兩年，現在不該由她來討您歡欣啊！」

「您女兒打算再婚已兩年，怎麼還沒選定人選？」傑曼問。

「她不願匆促定下來，她是對的。儘管她外表機靈，或許您會覺得她欠缺思慮，但她是有見識的女子，她知道自己在做什麼。」

「我不這麼覺得，」傑曼坦率地說，「她有三名追求者，若她知道她想要的，那麼至少有兩名是多餘的，她會請他們留在家裡。」

「為什麼？這你就不懂了，傑曼，我幾乎可確定，她既不要那個老的，也不要那個獨眼和年輕的，但她若是拒絕了他們，大家會以為她要繼續守寡，到時就沒有人來追求她。」

「啊！對啊！他們是用來做招牌的。」

「沒錯。如果他們願意，也沒什麼不好。」

「各從所好！」傑曼說。

「我知道這不是您的所好。看吧，我們可以討論，若您被選中了，人家會把位子讓給您。」

「前提是，我要被選中。但在這之前，我得花多少時間等待呢？」

「這得看您了，傑曼，如果您會獻殷勤又能說服人。我女兒很清楚，直到現在她最快樂的日子就是被人追求的時候，要是她還能指揮一些人，她不會急於成為其中一個的女僕。所以，只要這個遊戲讓她開心，她會繼續下去，但若是您比遊戲更讓她開心，那遊戲就會停止。您只要不退縮，每個星期天都來，邀她一起跳跳舞，讓她知道您也在追求的行列中，等她覺得您比其他人更可愛更有教養，您就被選中了。」

「對不起，萊歐納老爹，您女兒有權利照她的方式去做，我沒有責怪她的權利。但我若是她，我會表明自己的立場，不讓追求者們浪費時間，好讓他們去做其他事，而非繞著一名取笑他們的女子打轉。不過，她若覺得這事有趣且幸福，我也不能多說什麼。只不過，有件事我很難向您開口，從今天早上開始，您就誤會了我的來意，而您也沒給我時間說明，以至於讓您產生了誤會的事。我來這兒不是為了向您女兒求婚，而是想購買兩頭牛，就是您下星期會帶到市集，我岳父覺得他會中意的那兩頭牛。」

「我懂了，傑曼。」萊歐納老爹顯得很平靜，「您看到我女兒和她的情人們在一起，便改變了主意。隨便您吧。每件事只要吸引了一些人，就會打退一些人，既然您還沒開口，您就有權利抽身。若您真的要買我的牛，請到牧場上看看牠們，我們待會兒再來談買賣，無論最後能否成交，回家前都來和我們吃頓飯吧。」

「我不想打擾您，」傑曼說，「您在這兒或許還有事要做。在這兒看人跳舞，我有些無聊，現在就去看您的牛，等會兒，我去府上找您。」

傑曼說完，便往牧場走去。萊歐納老爹曾遠遠指過一部分的牲口給他看，而莫里斯老爹的確也想買牛，因此傑曼認為只要他帶一對價格不貴又漂亮的牛回去，一定能讓莫里斯老爹原諒他無意中放棄此行的目的。

傑曼快步走著，一下子就來到了奧爾摩的附近。他想抱抱兒子，再看看小瑪麗。儘管他已放棄希望，不再將幸福寄託在她身上，但他剛剛看到和聽到的一切——那名喜愛打扮又虛榮的寡婦，以及她那狡猾自私、鼓勵女兒養成自負和見異思遷的父親，都讓他覺得違背了鄉間的正直風氣。將時間浪費在這些無用又愚蠢的話語、一個和他家庭格格不入的人家，尤其是莊稼漢離開勞作後產生的不習慣和幾小時以來感到的煩悶和困惑，都讓傑曼急於想和兒子以及小瑪麗相聚。即使她不愛他，他也想找她聊天解悶，好讓自己回到常軌。

傑曼徒勞無功地望看著四周，不見小瑪麗，也不見小皮耶。這時，剛好是牧羊人在田裡工作的時間。有一大群羊兒在休耕地上。傑曼向年輕男孩打聽，這些是不是奧爾摩的羊。

「是的。」男孩回道。

「您是牧童嗎？這裡都是男孩子在牧羊嗎？」

「不，我只有今天照看羊隻。牧羊女回家了，她生病了。」

「您們早上不是來了一個新的牧羊女嗎？」

「噢！對啊！但她也離開了。」

「什麼，離開了？她不是帶著一個小孩嗎？」

「有啊，一個一直在哭的小男孩。他們抵達兩個小時之後，就都離開了。」

「離開？去哪兒了？」

「很顯然是去他們來的地方。我沒問他們。」

「他們為什麼要離開？」傑曼愈來愈擔心。

「唉，這我怎麼知道呢！」

「是不是價錢沒談攏？這應該事先說好了啊。」

「我沒辦法回答，我只看到他們來了，又離開了。」

傑曼往農場走去，詢問那些佃農；沒有人知道為什麼，但毫無疑問的，年輕女孩在和農場主人談過後，便帶著哭泣小孩走了，什麼話也沒說。

「我的孩子被虐待了嗎？」傑曼大叫，眼中充滿怒火。

「是您的孩子嗎？他怎麼會和那個女孩在一塊兒呢？您住哪兒？您叫什麼名字？」

傑曼發現這邊的人習慣用別的問題回答他的問題，因此他不耐煩地跺腳，表示他想見農場主人。

但主人不在，他不會一整天都待在農場。他騎著馬，不知道去了他的其他哪個農場。

「總之，」傑曼感到非常不滿，「您不知道女孩離開的原因嗎？」

佃農和妻子交換了古怪的微笑，然後回答什麼也不知道，還說這並不關他的事。傑曼只探聽到女孩和小孩一起去了福爾居。他跑回福爾居，寡婦和追求者們都還未返家，萊歐納老爹也沒回來。女僕告訴他，剛剛有一名女孩和小孩來找他，但因為她不認識他們，所以沒將他們留下，她建議他們到梅爾茲。

「為什麼妳拒絕讓他們留下？」傑曼不開心地問，「你們不給那些需要幫助的人開門嗎？」

「的確。」女僕回答，「但像這樣有錢的人家是需要謹慎門戶的。主人不在家，我需負全責，因此我不能隨便開門。」

「這風氣真醜惡。」傑曼說，「與其提心吊膽過日子，我寧願生活窮困。永別了，女孩！還有你們這醜惡的地方！」

傑曼詢問了附近的人家，是否有人見過牧羊女和小孩。小皮耶臨時從柏萊村出發，沒有特別整理儀容，穿著稍微破損的長衫，身上披著一塊小羊皮；加上瑪麗因窮困一年到頭都穿得很寒酸，所以大家以為他們在行乞。有人給了他們麵包，因為小男孩飢餓了，所以年輕女孩拿了一塊麵包就帶著他匆匆離去，走往樹林的方向。

「農場主人追來了嗎？」傑曼向酒店老闆打聽。

「啊！那您就認識他了！」酒店老闆笑著說，「那是一定的，他是個色迷心竅的壯漢，但我不相信他逮到了這一個……也難說，說不到當他看到她……」

「謝啦！」傑曼快速地跑回萊歐納老爹的馬廄，將馬鞍往灰絲身上一套。他跳上馬，飛快地往尚特陸森林奔馳而去。

傑曼的心因擔憂和憤怒而怦怦地跳著，汗水從前額淌落。他把灰絲的側腹都踢傷了，其實他根本無需這樣催趕馬兒，因為見到往回家方向的熟悉景致，灰絲早就飛快地跑著。

13 老婆婆

傑曼很快又回到他們露宿的沼澤邊，營火還冒著煙，一個老婆婆正在撿拾枯樹枝，那些枯枝是小瑪麗堆在那兒的。傑曼停下來詢問她，老婆婆聽不見，因此搞錯了傑曼的問題。

「是的，孩子，」她說，「這裡就是魔沼，是被詛咒的地方，你靠近時，記得要一定要用左手往沼裡丟三顆石頭，右手在胸前劃十字，這樣才能驅走邪靈，否則經過這兒的人就會遭到厄運。」

「我不是在問這個，」傑曼湊上前，盡力地大聲說，「您有沒有看到一個女孩和小男孩從這兒經過？」

「是啊！」老婆婆說，「有個小孩淹死了！」

傑曼從頭到腳打了哆嗦，幸好老婆婆繼續說：「那是很久以前的事了！為了紀念他，我們在這兒建了一個漂亮的十字架，可是在一個狂風暴雨的晚上，魔鬼們將它丟進沼澤，現在還能看到一截柱子露在水面上呢。如果有人不幸晚上在此逗留，那麼不到天亮絕走不出這個地方。他會白費力氣地走著，走著，即使在樹林裡走了很久很久，最後還是會回到原來的地方。」

聽了老婆婆的話，莊稼漢不由得開始想像，可能會發生什麼不幸的事來印證老婆婆說的話。他全身發冷，因為從老婆婆那兒也得不到其他的資訊，他只好跨上馬，開始在樹林中尋找，他邊大喊皮耶的名字邊吹著口哨，大聲策著馬鞭，折斷樹枝，讓這些聲響迴盪在樹林，然後聽看看有沒有人回應，但只聽見矮林中乳牛的鈴鐺聲和豬群搶奪橡實的吼叫聲。

最後，傑曼聽見身後傳來馬匹的奔馳聲，一名皮膚黝黑、身材健壯，穿得像個中產階級的中年男子叫住了他。傑曼從未見過奧爾摩的農場主人，但本能讓他馬上察覺來者就是他。傑曼回過身，從頭到腳打量著對方，等著他要說些什麼。

「您有看到一個十五、十六歲的少女帶著一個小男孩從這兒經過嗎？」男人情緒激動，表面卻裝出不在乎的樣子。

「您問這要做什麼？」傑曼不打算掩藏他的憤怒。

「朋友，這與您無關。但我也沒必要隱瞞。我告訴您，她是牧羊女，我不太認識她，但卻談好要長期僱用她來牧羊……她來上工時，我見她幼小瘦弱，無法勝任農場上的工作，就辭退了她。我想替她支付前來這兒的旅費，但我才一轉身，她就生氣的跑掉了……她急匆匆地走了，遺落了她的物品和錢包，這裡頭當然沒多少錢，可能只有些硬幣……總之，我剛好要來這兒，猜想可能會遇到她，就可以把她的東西和我要給她的錢都拿給她。」

傑曼太正直了，聽到這番似是而非的說詞，不禁猶疑了起來。他對農莊主人投以銳利的眼光，後者竟露出無畏的天真表情。傑曼心想，「我要弄清楚這件事。」「她是我們村莊那邊的女孩，」傑曼說，「我認識她。她應該在這附近，一起走吧！我們一定會找到她。」

農場主人說：「您說得對，我們一起找吧。但若在這條大路的盡頭還找不到她，我就放棄……因為我還得前去阿爾當。」

「哼！我不會放走你的！即使我必須二十四小時跟你在這魔沼邊上繞圈子！」莊稼漢心想。

傑曼突然說：「等等！」他眼睛盯著搖晃不已的金雀花。「喂！喂！小皮耶，我的孩子，是你嗎？」

小孩認出父親的聲音，像小鹿般跳出花叢。但他一看到父親身旁站著農場主人，驚嚇地停下腳步，遲疑的不知所措。

「來啊，我的皮耶！來啊，是我！」傑曼邊叫著邊奔向他。他跳下馬，將孩子抱進懷裡。「小瑪麗呢？」

「她在這兒躲著，因為她害怕那個黑臉的壞傢伙，我也是。」

「嘿！放心，我在這兒。瑪麗！瑪麗！是我！」

瑪麗爬了過來，當她看到傑曼身後跟著農莊主人，便跑向傑曼的懷中，像女兒依偎著父親。

「啊！親愛的傑曼，」她對他說，「您會保護我的，和您在一起，我就不害怕了。」

傑曼感到一陣顫抖，他看著瑪麗，她臉色慘白，奔跑時荊棘劃破了她的衣裳，她就像被獵人搜索的小鹿般藏躲在茂密的樹林中。但她的臉上既沒有羞愧，也沒有絕望的神情。

「妳的主人要和妳說話。」傑曼邊說邊觀察女孩的表情。

「我的主人？」她驕傲地說，「這個人不是我的主人，而且永遠都不會是。是您，傑曼，您是我的主人。我要您帶我回去……我幫您做事，什麼酬勞也不要！」

農場主人靠上前，裝出不太耐煩的模樣。「嘿！小東西，我把妳忘在我家的東西帶來了。」

「沒有。先生，」小瑪麗回答，「我什麼都沒忘記，而且我也不要您的任何東西。」

「過來這兒。」農場主人繼續說，「我要話要跟妳說。過來啊！別害怕！講幾句話就好……」

「您可以大聲說出來，我和您之間沒有祕密。」

「至少過來拿妳的錢。」

「我的錢？您沒欠我錢，幸好。」

「我早就知道是這樣。」傑曼壓低聲說，「不過沒關係，瑪麗……去聽聽他要說什麼……因為我很好奇。妳等一下再告訴我，我這麼做有我的道理。到他的馬那邊去吧……我會看著妳。」

小瑪麗往前走了三步，靠近農場主人。他彎下身子，壓低嗓音，對她說：「小姑娘，這是給妳的金路易。妳什麼也別說，聽見了嗎？我會說妳太瘦小，不適合農場上的活兒……這件事到此為止……哪天我從你們那兒經過，如果妳不亂說話，我會給妳一些東西……如果妳懂事，只要妳說一聲，我就帶妳回我家，或是黃昏時來牧場和妳說說話。妳要我帶什麼禮物給妳？」

「看好了，先生，這是我給您的禮物！」小瑪麗大聲回答，她將金路易朝男人臉上用力地扔過去。「感謝您，也拜託您，要是到我們那兒去，記得知會我，我們那兒的男孩們都會去迎接您，因為在我們那兒，大家都很喜歡輕薄女孩的土財主。看著好了，我們會怎麼歡迎您。」

「妳是個騙子，又愛說蠢話！」農場主人生氣地說。他威脅地舉起棍子，「妳想叫人相信這種無中生有的指控，妳敲詐不到我的，因為大家都知道妳是這種人！」

瑪麗害怕的往退後。但傑曼抓著男人的馬籠頭用力搖晃著。

「全明白了！」傑曼說，「我明白你要幹什麼了……下來！你這傢伙！下來！我們談談！」

男人不想和傑曼較量，踢著馬想離開，他用木棍敲打莊稼漢的手，逼他放手。傑曼閃過攻擊，抓住男人的腿，將他拉下馬，摔在羊齒草上，將他壓制在地；男人起身奮力抵抗著，仍被傑曼緊緊壓制住。

「你這沒人性的傢伙！」傑曼對他說，「只要我願意，我可以痛打你一頓！但我不喜歡傷人，而且沒有任何懲罰可以懲戒你……要是現在你不向這位小姐跪地求饒，你就休想離開。」

農場主人對這類事很有經驗，他想以玩笑的態度息事寧人。他解釋，自己的罪過並不深，只是耍耍嘴皮子，他願意請求原諒，只要女孩答應讓他抱一抱；大夥兒到附近的酒館喝一杯，然後像朋友般各自散去。

「你真是卑鄙無恥！」傑曼將他的臉壓在地上，「我不想再看到你這張醜惡的臉！你真該感到慚愧，到我們那兒時，去走那些給無恥之徒走的小路吧！」

傑曼撿起男人那根帶刺的木棍，用自己的膝蓋抵住，徒手就將木棍一折為二，向男人展示自己的腕力，接著他厭惡地將斷成兩截的木棍丟得遠遠的。

傑曼氣得渾身發抖，一隻手牽起兒子，一隻手牽著瑪麗，走開了。

14 回家

十五分鐘後，他們穿過了荒地。他們在大路上疾馳，灰絲一看到熟悉的景象就嘶叫不停。小皮耶將他所能理解的事件經過都告訴了父親。

小皮耶說：「當我們抵達時，馬上到羊棚裡看美麗的羊……那個男人就來羊棚裡和我的瑪麗說話。我呢，我跑到羊槽上玩耍，所以那個傢伙沒看到我。他先和瑪麗打招呼，接著就親了她。」

「妳讓他親了妳？」傑曼生氣地直發抖。

「我以為那是禮節，是當地迎接新人的習慣，就像您府上的老奶奶親吻那些來替她做事的年輕姑娘，以表示她收留她們，將她們當作親生女兒一般。」

「接著……」小皮耶得意地說著，像是在敘述一趟冒險。「那個男人說了一些難聽的話，一些妳叫我不要重覆或記住的話，所以我很快就忘了。但如果爸爸要我說，那就是……」

「不，我的皮耶，我不想聽，我希望你把那些話永遠忘掉。」

「這樣的話，我會繼續忘記。」孩子說道。「那男人看起來很生氣，因為瑪麗跟他說她要離開。他跟她說，他會給她所有她想要的東西，會給她一百法郎。可是我的瑪麗還是很生氣……接著他就靠近她，像是要打她。我很害怕，尖叫著跑過去撲進瑪麗的懷裡。那傢伙說：『怎麼回事？這小孩是怎麼進來的？快給我趕出去。』他舉起棍子要打我，但瑪麗攔住了他，她對他說：『我們晚點再談。先生，現在我得帶這個孩子去福爾居，我等一下就回來。』當男人走出羊棚後，瑪麗對我說：『我們快逃吧！好皮耶，我們趕快離開這兒。這個人很壞，他會傷害我們。』於是我們就從穀倉後面跑過去，經過一片大牧場，然後去福爾居找你。可是你不在，他們不讓我們在那兒等你……之後，男人就騎著黑馬找了過來。我們就跑得更遠，藏進樹林中。然後他又追到這兒，當我們聽到他過來時，又趕緊躲起來。後來等他走了，我們又繼續往家裡的方向跑著……最後你來了，你找到了我們，這就是事情的經過。對不對，瑪麗？我有沒有漏掉什麼？」

「沒有。小皮耶，這就是事實。傑曼，現在你可以作證，你可以向家鄉的人解釋說，我沒留在那兒不是因為缺乏勇氣和偷懶。」

傑曼說：「瑪麗，我問妳，對於保護女人和修理好色之徒，一個二十八歲的男人是否算太老？我想知道，巴斯汀或其他比我年輕十歲的俊美小夥子會不會被皮耶說的那個傢伙打敗？妳覺得呢？」

「傑曼，我覺得您幫了我一個大忙，我會一輩子感謝您。」

「就這樣？」

「親愛的爸爸，」小孩說，「我還沒和瑪麗說，我答應你要說的話。我沒時間說，但我回到家就會跟她說，我也會跟外婆說。」

小皮耶的承諾讓傑曼若有所思。現在他該怎麼向岳父母解釋，他對格漢家寡婦的不滿，但又不能告訴他們，是別的想法使他洞察機先和要求嚴格。當我們幸福滿足時，很容易讓別人感受到自己的幸福；但當被拒絕又要遭受責罵時，就不是個愉悅的情況。

幸好，當他們抵達時，小皮耶睡著了。傑曼將他放在床上，沒有叫醒他，然後他開始解釋所有的事。莫里斯老爹坐在門口的三腳凳上，仔細地聽著，雖然他對傑曼此行的結果感到不滿，但當傑曼敘述寡婦的打扮，並詢問岳父，他是否有閒一年五十二個星期日都到寡婦面前獻殷勤，還須承擔一年後被拒絕的後果時，岳父點了點頭，表示同意：「你沒做錯，傑曼，這是不可能的。」接著，傑曼敘述他是如何迫不得已將瑪麗趕緊帶回來，免得她受到欺侮和下流主人的暴力對待，莫里斯老爹又再一次點頭稱許：「你沒做錯，傑曼，這是應該的。」

傑曼說完整個經過並解釋了自己的行為後，岳父母不約而同地嘆了口氣，看著彼此說：「好吧！就聽上帝的安排吧！感情是不能勉強的。」

「過來吃晚飯吧！傑曼，」岳母說，「很不幸沒有好結果，但老天不肯成全，就再看看有沒有其他機會吧。」

「沒錯，」老爹補充道，「就像我老伴說的，再看看其他機會吧。」

這件事就此打住，莫里斯家中不再提及此事。隔天，小皮耶一早就被雲雀的叫聲喚起床，前幾天出門發生之事的刺激興奮感已消失，他又回到這個年紀的鄉下男孩的無精打采，只想和朋友們玩耍，在牛馬面前逞老大。

傑曼也想忘掉一切，他將自己埋首工作，但他變得既悲傷又心神恍惚；任誰都看得出他的異狀。他沒和小瑪麗說話，甚至沒瞧她一眼；但若是有人問他小瑪麗在哪個牧場、從哪條路走，無論什麼時候，只要他願意，沒有他回答不出來的問題。他不敢請求岳父母將小瑪麗整個冬天都留在農場上，可他知道她必須忍受飢寒。

事實上，她並未忍受飢寒；齊葉特嬤嬤也永遠不會知道，為什麼她儲存的柴火都沒有減少？為什麼前一晚空了的穀倉，到了隔天又是滿盈？甚至還有從天而降的小麥和馬鈴薯——有人從穀倉的天窗倒下了一整袋的食物，卻未驚醒任何人或留下任何痕跡。

老嬤嬤既擔心又歡喜，她叫女兒不要對外聲張，怕別人知道發生在家裡的奇蹟後，會將她視作女巫。她覺得是魔鬼在作祟，但她不急著請神職人員們來家裡驅鬼，她說等撒旦來討恩情時，再行動也不遲。

小瑪麗對實情心知肚明，但她不敢告訴齊葉特嬤嬤，也不敢詢問傑曼，她怕他又想到了結婚，所以只好裝做什麼也沒察覺的樣子。

15 莫里斯嬤嬤

一天，莫里斯嬤嬤和傑曼在果園裡，她親切地問：「我親愛的女婿，你身體不舒服嗎？我看你吃得比平常少，笑容少了，就連話也愈來愈少了。是不是家裡誰或是我和你岳父，不自覺或無意中傷了你的心？」

「沒這回事。母親，」傑曼回答，「您待我就像是親生的媽媽，如果我對您、對您丈夫、或對家裡其他人有所抱怨的話，那我真是不知好歹。」

「孩子，你是在為你死去的妻子難過嗎？時間沒讓你忘掉痛苦，反而加劇了你的難過，看來，你得照你岳父說的話去做，快點再婚吧！」

「是的。母親，我也這麼想，但你們介紹給我的女子並不適合。每次我見到她們，非但不能忘掉凱瑟琳，反而更加想念她。」

「很顯然我們不知道你喜歡的類型，所以你必須幫我們，跟我們說實話。可能在某個地方有名很適合你的女孩，因為上帝不可能在創造一個人的同時，卻沒創造另一個與之合適的人選。如果你知道在哪兒可以找到這個女孩，你就去吧！不管她是美或醜、年輕或年老、富裕或貧窮，我和老伴決定都要支持你，因為我們不願再見到你悲傷，若你不能幸福，我們也不能平靜生活。」

「母親，您就像天父一樣的仁慈，岳父也是。」傑曼說，「可是您們的憐憫不能治癒我的悲傷……我喜歡的女孩並不喜歡我。」

「因為她太年輕了嗎？喜歡年輕的女孩是不明智的。」

「是的！就是這樣，岳母，我瘋狂地愛上一個年輕女孩，而我為此也很自責。我盡全力不去想她，但不管是在工作或休息、在做彌撒或躺在床上、和孩子們或和你們一起時，我都會想到她，無法想別的事。」

「就像有人對你施了魔咒？這樣的話，只有一個辦法，就是讓她回心轉意，聽從你的意願。所以我得插手了，看看這是否有可能。告訴我，她住在哪兒？叫什麼名字？」

「唉！我的好媽媽，我不敢說，」傑曼說，「您會取笑我的。」

「我不會取笑你的。傑曼，因為你很難過，而我不想讓你更難過。是方雪特嗎？」

「不。母親，不是她。」

「那是羅賽特囉？」

「也不是。」

「說吧！如果要我把住在這裡的女孩姓名一一唸出，會沒完沒了的。」

傑曼低下頭，猶豫著不敢回答。

莫里斯嬤嬤說：「好吧，今天我們就說到這兒吧！傑曼。或許明天你會對我多點信心，抑或是你內弟媳比我更知道該怎麼問話。」然後她拿起洗衣簍，準備將衣物晾在灌木叢上。

傑曼就像孩子般，見到大人不再理會他，反而鼓起勇氣坦白。他尾隨著莫里斯嬤嬤，最後終於顫抖地說出「齊葉特嬤嬤的小瑪麗」。

莫里斯嬤嬤大吃一驚，她怎麼也不會想到是小瑪麗；但她心思細膩，沒有驚叫出聲，只是在心底琢磨。當她發現自己的沉默令傑曼感到難堪時，便將洗衣簍遞給了傑曼，說：「你因為這點理由就不幫我做事啦？拿著衣簍，你跟我談談。傑曼，你想清楚了嗎？你決定了嗎？」

「唉！我親愛的母親，話不是這麼說，如果她喜歡我的話，我早就打定了主意，可是人家不喜歡我，我只好死心——如果我能做得到的話。」

「如果你做不到呢？」

「每件事都會有個結尾，莫里斯嬤嬤，就像馬匹負載過重會跌跤；牛不吃草就會餓死。」

「你是說如果你沒成功就會死掉嗎？這可不行，傑曼！我不喜歡像你這樣的人說這些話，因為你說的話就是你想的。你很勇敢，而脆弱對你這種人是危險的，提起希望吧！我想，當你這樣慎重地追求一名貧困的女子，她不會拒絕你。」

「但那是事實，她的確拒絕了我。」

「她有說為什麼嗎？」

「她說您們對她很好，她們家欠您們很多情，她不想惹您們不高興，因為她害我放棄了一門有錢人家的親事。」

「如果她這麼說，代表她很正直善良。但是，傑曼，當她這麼說卻無法將你的心病治好，不就表示她也愛你，而只要我們同意，她就會嫁給你？」

「錯了，這就是更糟的地方。她說她的心思不在我身上。」

「假設她口是心非，她說這些話只是想讓你離開她，那她真是值得我們喜愛的好孩子，我們會因為她的成熟而不計較她的年紀。」

「是嗎？」傑曼說，心中湧起一線希望。「她很乖巧又很正直。但她若這麼明白事理，我擔心這正是她不喜歡我的原因。」

莫里斯嬤嬤說：「傑曼，答應我，這星期你要好好振作起來，別再悲傷，要正常的吃飯睡覺，和以前一樣的開心。我呢，我會跟我老伴說說，讓他答應這事，到時候你就會知道那女孩的真實想法了。」

傑曼答應了莫里斯嬤嬤，但一星期過去了，莫里斯老爹沒有特別和他說什麼話，好像什麼也不知道的模樣。傑曼試著讓自己冷靜，但他看上去卻更蒼白也更痛苦。

16 小瑪麗

終於，星期天的早晨，做完彌撒之後，岳母問傑曼，自果園談話後可有從小瑪麗那兒得到回覆。

「什麼也沒有。」傑曼回答，「我沒和她說到話。」

「如果您不和她談一談，怎麼說服她？」

傑曼說：「我只和她談過一次，就是我們一起去福爾居的時候。從那次之後，我沒和她說過半句話。她的拒絕讓我很難受，我不想再聽到她說不愛我。」

「那麼，我的孩子，現在該去問問她，你岳父讓你這麼做的。去吧，打定主意！我希望你這麼做，如果需要的話，我要求你這麼做，因為你不能總是這樣躊躇不前。」

傑曼聽從岳母的話，來到齊葉特嬤嬤家。他低著頭，臉上帶著痛苦的神情。小瑪麗獨自坐在火爐邊沉思著，沒聽見傑曼走進來。當她看見他站在自己面前時，驚訝地從椅子上跳起來，臉通紅了起來。

「小瑪麗，」傑曼在她身邊坐下。「我知道我給妳添麻煩了，讓妳苦惱，但是我們家那位先生和女士（在這裡是指家長的意思）要我來找妳，跟妳說我想娶妳……我知道妳不願意的。」

「傑曼，」小瑪麗說，「您真的愛我嗎？」

「我知道妳不高興，可這不是我的錯，如果妳能改變心意，我會很高興。我知道我不值得妳改變想法。看著我，瑪麗，難道我長得很醜嗎？」

瑪麗笑著回答：「不，您長得比我漂亮。」

「別取笑我，對我寬容些吧！我還沒掉一根頭髮或缺牙呢！我的眼睛告訴妳，我愛妳。看看我的眼睛，寫得一清二楚呢，任何女孩子都懂得這種文字。」

瑪麗看著傑曼的雙眼，既信任又快樂，但她突然轉過頭去，顫抖了起來。

「啊，天啊！我讓妳害怕。」傑曼說，「妳把我當成了奧爾摩的農場主人。別怕我，求妳，這讓我太難過了。我不會對妳說骯髒的話，也不會強吻妳。如果妳要我離開，只需指指大門就好。喏，妳要我離開，讓妳不再發抖嗎？」

瑪麗將手往傑曼伸了過去，但她的臉看著火爐，並未轉看向他，也沒有開口說話。

「我明白了。」傑曼說，「妳可憐我，因為妳很善良，妳因為讓我難過而難受，但妳不能愛我，是嗎？」

「您為什麼要對我說這種話呢，傑曼？」小瑪麗終於應聲，「難道您要我哭嗎？」

「可憐的小女孩，妳心地真好。我知道，但妳不愛我，妳把臉藏起來是因為怕我看到妳的不快和厭惡。我呢，我不敢牽妳的手！在樹林裡，當我兒子睡著、妳也睡著時，我差點要吻了妳。如果我開口向妳請求，我一定會羞愧而死，那天晚上我受的苦就像被火燒一樣痛。之後，我每天都夢見妳，啊！我多想親親妳啊！瑪麗！而妳，當我做夢時，妳無夢地沉睡著。現在，妳知道我在想什麼嗎？我在想，如果妳可以轉過頭來，用我看妳的眼神看我，將妳的臉靠近我的臉，我一定會快樂死了。而妳，若想到妳做了我說的事，一定會氣死和害羞不已吧！」

傑曼像在夢裡說話，沒聽見自己說了些什麼。小瑪麗還在發著抖，但因為他抖得比她還厲害，所以沒有察覺到她的顫抖。突然，她轉過身來，臉上滿是淚水，責備地看著傑曼。莊稼漢以為這是女孩最後的拒絕，未等她開口，他立即起身要離開，但女孩抱住他，制止了他，她將自己的臉埋在他的胸膛。

「啊，傑曼！」女孩抽噎著說，「您猜不到我愛您嗎？」

要不是他兒子騎在木棍上飛快地跑進屋，後頭還跟著拿著柳條佯裝在駕馬的小妹妹，傑曼鐵定會開心得抓狂，無法恢復意識。他抱起兒子，將他放在未婚妻的懷裡：「妳看，」他說，「妳愛我，不只給我一個人帶來了幸福。」

附錄一
鄉間的婚慶

如同這個精明莊稼漢告訴我的內容一樣，傑曼結婚的故事到此告一段落。親愛的讀者，原諒我，無法將這故事詮釋得更好，因為這需要更古老更純樸的語言，才能如實地詮釋我所詠唱（古早的說法）地區的農人們。他們的法語太質樸了，自拉伯雷（Rabelais）和蒙田（Montaigne）後，語言的發展讓我們失掉了許多豐富的詞彙，所有的進步向來如此，我們必須容忍。因此，聽到古老的法國中部土地上流行的美妙「土語」也是一種樂趣。都蘭地區保存了寶貴質樸的用語，但自文藝復興以來，都蘭文明化的速度很快，那裡到處都是堡邸、大道、外國人和熱鬧的活動。貝里地區卻沒什麼改變，我想除了布列塔尼和其他幾個法國南端的省份外，這兒是當時最保守的地方了。這裡的風俗是那麼奇特古怪，因此，親愛的讀者，我希望你們再開心一會兒，若你們允許的話，讓我詳細告訴你們一場鄉間的婚禮，比如我多年前有幸參加的傑曼的婚禮。

唉！因為一切都已改變。自我出生至今，在我的村莊裡，思想和風俗都有著極大的變化，遠超出大革命前幾世紀的變遷。我在童年時看過的塞爾特文化、異教徒或中世紀的儀式，有一大半現都已消失。或許，再過一、兩年，鐵路會通過我們的深山谷地，以如雷電般的速度載走我們古老的傳統和美妙的傳說。

一年當中最適合結婚的時間是在冬季，狂歡節前後。夏天沒有農閒，田裡的工作無法等上三天，更別提因喜慶宴會遺下的「宿醉」，肉體和心靈上需要多花些時間來「恢復」。……我坐在廚房的一座舊式壁爐前，槍聲、狗吠和風笛的尖銳聲向我傳達著新人快到了。不一會兒，莫里斯老爹和莫里斯嬤嬤、傑曼和小瑪麗，後頭跟著哲克夫婦、雙方重要的親屬和新人的教父教母，一起湧進了內院。

小瑪麗還未收到稱作「彩禮」結婚禮物，便穿著她所有的樸素衣裳裡最好的——一件深色的粗布衣，圍著一條有鮮豔大花紋的白色圍巾，套著一條桃紅色圍裙，那是用曾極為流行、但現在已過時的印度棉布所做的；頭上綁著一條雪白的平紋紗製頭巾，式樣時髦，讓人想起了安．寶琳[1]和阿涅絲．索蕾[2]的頭飾。小瑪麗模樣清新，面露微笑，即使她有著值得自豪的資格，也毫無傲色。傑曼肅穆溫柔地走在她身邊，就像雅各在拉班的井邊迎向拉結時那樣，換作其他的女孩，她們一定會露出洋洋得意的面容，擺出勝利的姿態，畢竟不管在哪個階層裡，靠著美貌出嫁是一件值得自豪的事。可是小瑪麗的雙眼濕潤，閃著愛情的淚光，人人都知道她身陷情網，但她沒有閒情顧及他人的目光。她的樣貌可愛果斷，內心坦蕩善良，不因成功而不遜，不因感到自己的力量而自滿。我從沒看過這麼可愛的訂婚新娘。當其他的女生朋友問她是否開心時，她回道：「啊！當然！我沒什麼好抱怨仁慈的天父。」

莫里斯老爹的致詞，照例說了祝福和感謝賓客的話。他將裝飾有緞帶的月桂樹枝繫在壁爐頂上，這被稱為「通知書」，也就是結婚喜帖。他把繫有藍色和粉紅色緞帶的小十字架分送給賓客們；粉紅色代表訂婚的新娘，藍色代表訂婚的新郎，雙方的賓客保留這個象徵直到婚禮當天；女士可把它插在帽子上，男士別在鈕扣裡，這是許可證，也就是婚禮的入場券。

---

1 Anne Boleyn，英國國王亨利八世的第二任妻子，伊麗莎白一世的母親。

2 Agnès Sorel，法國國王查理七世的情婦，號稱是法國史上最美麗的女人。

莫里斯老爹繼續他的祝賀詞，他邀請家族裡的長輩和他的家人，也就是他的孩子們、親屬、朋友和僕役們，參加婚禮、宴會、餘興節目、舞會和其他的活動，他還不忘說：「你們都榮幸地被邀請了。」這句話雖然看上去像是說了反話，但用法正確，它表示將榮幸給了配得上榮幸的人。

雖然小教區裡的每一戶人家都被邀請了，但鄉下人重視禮數，因此每戶人家只出席兩人，一個是家長中的一人，另一個是孩子。

邀請結束後，訂婚夫婦和雙親一同在農場裡吃午飯。

然後，小瑪麗回公共牧地繼續放她的三頭羊，傑曼則回到田裡工作，好似平常一樣。

婚禮前一天，接近下午兩點時，音樂響起，有風笛手和手搖弦琴樂者；音樂家的樂器上飄著長長的緞帶，演奏著應景的進行曲。對外地人來說，音樂的節奏稍嫌過慢，但卻和這片肥沃的土地與崎嶇不平的道路很相合。年輕人和孩子們發出的槍聲，宣告著婚禮的開始。聚集的人群越來越多，大家在屋子前方的草地上跳著舞，十分歡樂。天色快暗時，大夥兒開始了奇怪的準備工作，他們分成了兩組，待天色一黑，就開始了「彩禮」的儀式。

儀式在新娘家——齊葉特嬤嬤的茅屋——舉行。齊葉特嬤嬤和女兒，還約了十二名年輕漂亮的牧羊女，她們是女兒的朋友和親戚；以及兩三位能言善道、對答如流且嚴守傳統的大娘；又選了十二名健壯的青年，也都是她的親戚和朋友；最後就是小教區裡年老的打麻人，他在任何場合裡都口若懸河，善於辭令。

布列塔尼的文化中，是由村裡的裁縫來宣告愛情的宣言，但在我們的村莊裡，這項工作是由打麻人或梳理羊毛的人來擔任（這兩種職業常由一人兼任）。他參加所有的婚喪喜慶，學識博學，口才辨給，在這些場合中，他總能表達如流，出色地完成自古以來的儀式。這職業必須經常東奔西跑，出入別人的家裡，也讓他無法久待在家中，自然使他多話、風趣、能唱、能吟。

打麻人特別是懷疑論者，他和我們接下來要說的掘墓人一樣，同是村裡的大膽人物。他們經常提起幽靈，也相當清楚這些魔鬼們的能耐，但他們一點兒也不害怕。特別是在夜裡，打麻人、掘墓人和幽靈施展各自的本領。打麻人正是在夜裡述說他那些悲慘的傳說。請容我在這邊先離個題，說些話……

當大麻處理得恰到好處，也就是在流水中浸泡透澈，在岸上曬到半乾時，我們便將大麻移進住家的內院，綑成一束一束——底部開散，頂端綁結——的豎起。這著。形狀在晚上看去就像一長列的白色幽靈，晃動著纖細的雙腿，無聲息地沿著牆邊走著。

九月末的夜晚，依舊暖和，人們在淡淡的月色下打著麻。白天，大麻在爐火中烤著，到了晚上，便將麻抽出，趁熱打麻。他們使用一種頂端裝著一根木槌的架子，木槌落下打入溝槽中，可以打麻卻不將其切斷。這時節，在鄉下夜裡便能聽到這種連續快打三下的響脆聲音，然後一片寧靜——打麻人用手抽出一小束麻，繼續換邊敲打。接著又響起另外三下捶打，另一隻手操控著木棒繼續施作；直至晨曦初乍的曙光，將月亮照得朦朦朧朧。因為一年中只有幾天的打麻日，所以狗兒們聽不習慣這聲響，於是朝著四面八方吠得異常淒厲。

這是鄉下充滿奇特又神祕聲響的時刻。遷徙的大雁飛過，白天幾乎看不清牠們，晚上也只聽得見牠們的叫聲；這些消失在雲層裡的嘶啞顫抖聲，彷彿那些受苦靈魂們的吶喊與訣別，竭力地找尋通往天堂的道路。而一種無可抗拒的命運，逼迫牠們飛近地面，繞著人們的住宅盤旋。這些候鳥在飛行時，有著奇怪的猶豫和神祕的焦慮，當捉摸不定的風在高處互相撞擊或連續不止時，鳥兒便失去了風向。白天弄不清風向時，領頭的大雁在空中亂飛，一翻身，飛至三角隊形的末尾，而牠的同伴也緊跟著轉身，在領頭雁的身後重新排好隊。常常，幾番努力後，領頭雁會精疲力竭的放棄領隊；另一隻大雁會出來遞補，幾經嘗試後，再換第三隻，這隻雁終於找到風向，成功引領著隊伍前進。但空中，在這些帶著翅膀的旅行者中，仍不斷交換傳遞著叫喚、責備、告誡、粗野咒罵和不安的詢問！

喧鬧的夜晚裡，淒厲的尖叫有時會在房屋上方迴盪，久久不散。因為什麼也看不見，人們便帶著一種恐懼和同情的不安，直到這群如雲朵般啜泣的大雁消失在茫茫天際裡。

在這時節裡，還有其他特有的聲音，大部分出現在果園裡。摘採果實的工作還未開始，但已有許多未曾聽過的聲響，讓樹木像是活了過來——一根生長到最後，因承受不了彎墜重量而斷折的樹枝；一顆蘋果掉入濕潤土地，落在你們腳邊發出墜地的聲響……這時，你們會聽見逃竄的聲音，一隻看不見的動物竄過樹枝和草叢——那是村民養的狗，這閒蕩的傢伙好奇又不安，攻擊性強又膽小怯懦，牠四處閒逛，從不睡覺，總在找些什麼東西。牠躲在荊棘叢裡窺伺著，一聽到蘋果落地的聲響，以為是朝牠丟來的石子，便開始逃竄。

就在這樣朦朧且昏暗的夜晚，打麻人講述著他那些稀奇古怪的故事：小精靈、白野兔、受難的靈魂和變成狼的巫師，還有街頭的拜鬼儀式與墓園裡會預言的貓頭鷹。記得有一次，我在運轉的打麻機旁度過了上半夜，打麻機無情的捶打聲打斷了打麻人的故事最恐怖的橋段，也讓我們嚇得不寒而慄。打麻人仍會繼續一邊講他的故事一邊打麻，即使有四、五個字沒能聽清楚，當然是恐怖的字詞，我們也不敢請他再重覆。於是這幾個漏聽的詞彙，讓他那個原本就陰森恐怖的故事變得更加恐懼。女僕們告誡大家，待在外頭的時間已久，就寢的時間也過了，但這話完全沒聽入我們的耳裡——她們自己都想繼續聽啊——當我們穿過村落回家時，是多麼的害怕啊！教堂的門廊深不可測，老樹的樹影濃密且黑，至於墓園，我們連看一眼都不敢，緊閉著雙眼，快速通過。

打麻人不像教堂裡管理聖器的教士那樣專門以嚇人為樂，他喜歡逗人發笑，當他歌頌愛情和婚姻時，會變得喜歡嘲諷且多愁善感。他收集和保存了最古老的歌曲，並將這些流傳給後人。因此在婚禮上，我們將看到主持小瑪麗彩禮儀式的人也是他。

附錄二
彩禮

當所有人都聚在屋裡後，大夥兒便將門窗嚴實關上，甚至把閣樓的天窗也緊密關閉，還用木板、長板凳、圓凳和桌子堵住所有出口，像守城似地準備抵抗。屋內充滿著期待和莊嚴肅靜，直到遠處傳來歌聲、笑聲和鄉村樂器聲。那是新郎的隊伍，傑曼走在最前頭，隨行的人有他最勇敢的夥伴、掘墓人、親屬、朋友和僕役們。他們組成了一支快樂又團結的隊伍。

快到房子前時，他們的腳步變慢了，大夥兒商量著並安靜下來。關在屋內的年輕女孩們從窗邊的隙縫中，看著隊伍到達並擺出了防禦的陣仗。天空下起寒冷細雨，更增添了刺激的氛圍；屋裡的壁爐閃著熊熊的火光。瑪麗想要縮短「攻城」的過程，她不想讓未婚夫悲傷等待，可在這種情況下，她沒有發言的權利，甚至還要跟朋友們一起作惡。

兩隊各自擺開陣仗，屋外點起了火槍，附近的狗群大聲吠了起來；屋內的狗群大聲狂叫著急衝向門邊，以為這是一場真正的戰役。孩子們也開始啼哭顫抖，無論母親們怎麼安撫都無法奏效。逼真的場面讓外地人都以為這是一場真的抵禦外侮的戰鬥。

代表未婚夫吟唱演說的掘墓人站在門邊，他和站在大門上方的天窗下、有著哀怨聲調的打麻人，展開了以下的對話：

掘墓人

唉呀！好心的人，我親愛的教民啊，看在上帝的份上，給我們開門吧。

打麻人

你們是誰？為什麼放肆地稱我們為你們的教民？我們又不認識你們。

掘墓人

我們是正直的老實人。別害怕，我的朋友！款待我們吧。霧淞將我們的雙腳凍壞了，長途跋涉，我們的木屐都裂開了。

打麻人

若你們的木屐裂了，可在地上找一找，用柳條枝來做弓形釘（小小的弓形鐵片可用來補強裂開的木屐）。

掘墓人

用柳枝做的弓形釘一點也不牢固，好心的人啊！你們是在嘲笑我們，你們最好還是替我們開門吧。你們的屋裡閃爍著美麗的火焰，你們肯定已擺好燒烤用的串籤，你們在家裡開心又有口福。替可憐的朝聖者開門吧！要是你們不行行好，他們可是會死在你們家門前。

打麻人

啊！啊！你們是朝聖者？你們沒說啊！請問你們是從哪裡朝聖回來？

掘墓人　等你們開門後，我們再告訴你們，因為我們來自很遠的地方，你們絕不會相信。

打麻人　替你們開門？最好是啦！我們不能相信你們。說說看，你們到過普利尼的聖西凡嗎？

掘墓人　我們到過普利尼的聖西凡，我們還去過其他更遠的地方。

打麻人　你們到過聖索朗格嗎？

掘墓人

我們當然到過聖索朗格，我們還到過更遠的地方。

打麻人

您撒謊，你們從來沒到過聖索朗格。

掘墓人

我們到過更遠的地方。這次我們是從聖雅格之路來的。

打麻人

您在胡說些什麼？我們不認識這個教區。我們知道你們是壞人、強盜、窮光蛋和騙子。去別的地方瞎扯吧！我們嚴守陣地，你們休想跨越雷池一步。

掘墓人

唉呀！好心的人啊，可憐我們吧！我們不是朝聖者，您猜對了，我們是被看守者追趕的不幸獵人。警察在我們身後，如果您不讓我們藏在您的乾草房裡，我們就會被抓住，關進監獄。

打麻人

誰能證明你們說的話是真的？您已經說了一個謊言，再也不能自圓其說。

掘墓人

如果你們把門打開，我們會拿一隻剛打死的美麗獵物給你們。

打麻人

現在就拿出來，因為我們不相信。

掘墓人

那麼，打開一扇門或窗，讓我們把獵物遞給你們。

打麻人

喫！不行！我們沒那麼蠢！我從窗洞看著你們呢，沒看見獵人，也沒見著獵物。

這時，一名身材矮壯但臂力結實的放牛郎從隊伍中走出來，他朝天窗舉起一隻被拔了毛、插在裝飾著乾草和緞帶的大鐵叉上的肥鵝。

「好啦！」打麻人大叫，他小心翼翼地伸出手臂，摸摸獵物。「這不是鵪鶉，不是鷓鴣；不是野兔，也不是家兔；這是鵝或火雞。你們還真是出色的獵人。這種野味哪需要費力追趕……滾吧，你們這些壞蛋！你們的謊言被拆穿了，你們大可回家吃晚飯，因為你們吃不到我們的晚飯。」

掘墓人

唉！上帝！我們到哪兒去烹調我們的野味？這份量對我們這群人來說實在太少，況且我們沒有火，也沒有地方可去。這時間，其他人家的門窗都緊閉，睡覺了，只有你們家在辦喜事，鐵石心腸的人才會讓我們在外等候。開門吧，好心人，再請求你們一次，我們不會讓你們破費。你們看，我們帶著待烤的獵物，只要一點點空間和一點點火就能將肉烤熟，我們就會非常高興地離去。

打麻人　你們以為我們家有多餘的空間？你們以為柴火都不用錢嗎？

掘墓人　我們有一小捆乾草可以生火，你們只要答應讓我們將鐵叉架在壁爐上，我們就很開心啦。

打麻人　不行。你們很討人厭，也得不到我們的同情。我認為你們都醉了，你們什麼都不缺，只想進我們家偷柴火和女孩。

掘墓人

既然你們聽不進任何好話，不要怪我們用武力闖入。

若你們想這樣做，就試試看吧。我們已將門窗關好，毫無畏懼。既然你們這麼無禮，我們也不再理會你們。

打麻人

說完，打麻人就將天窗大聲地關上，順著梯子爬下來。他牽起新娘的手，和其他年輕男女開始跳舞，歡樂尖叫。老婆婆們開始尖聲歌唱，哈哈大笑，對外頭企圖進攻的人表示輕蔑，虛張自己的聲勢。

另一方面，圍攻的群眾開始發怒，他們對著大門開槍，惹得狗兒狂吠不已。他們猛敲牆壁，搖晃著遮陽板，喧鬧聲震天掩蓋了說話聲，揚起的塵土和濃密的硝煙遮住了視線。

這場戰役是假的，但停止作戰的時間還未到，如果他們找到一條沒有戒備的通道——一個缺口，便可出乎意料地進入屋內。一旦拿著獵物的人將鐵叉放在爐火上，就算完成了佔領，儀式便結束，新郎就贏得了勝利。

不過房屋的出入口並不多，因此各個都有嚴密防備，在決定搏鬥的時刻尚未來臨前，誰都沒有擅自動用武力的權利。

等大家跳舞跳得都累了，也沒力氣喊叫時，打麻人才決定停止這場抗爭。他重新爬上天窗，小心地打開窗戶，對著失望的圍攻者揮手並哈哈大笑。

「喂，朋友們，」他說，「你們真丟臉，你們以為闖進來是輕而易舉之事，嘗到我們戒備森嚴的苦果了吧。我們開始可憐你們，只要你們願意投降，接受我們的條件。」

掘墓人：「說吧，正直的人們，告訴我們該怎麼做，你們才願意開門？」

打麻人：「歌唱，我的朋友們，但要唱我們不知道的歌，一首讓我們無法應對的歌。」

「這不是難事。」掘墓人回道，接著他用宏亮的聲音唱了起來：「六個月前，是春天……」

「……我走在嫩草上，」打麻人用略帶沙啞的可怕嗓音回答，「可憐啊，你們唱這種老掉牙的歌，是在開玩笑嗎？瞧，第一句我就接上了！」

「從前有一個公主……」

「……她想要出嫁。」打麻人接著唱。「換一首吧！換另一首，這首我們太熟悉。」

「要聽這首嗎？」掘墓人：「從南特回來……」

「……我很疲憊，啊，我精疲力竭。」打麻人：「這是我祖母時代的歌，再給我們聽另一首吧！」

掘墓人：「那天我在散步……」

「……沿著迷人的樹林。」打麻人：「這首沒什麼意思，連我們的小孩都懶得跟您對唱。怎麼？你們只知道這些歌？」

掘墓人：「噢！我們要唱到讓你們無法招架。」

整整一個小時，他們都在對戰，由於這兩位都是當地擅長唱歌的高手，而且他們懂得非常多歌曲，因此「戰役」可能會持續一整夜。於是打麻人耍了花招，他讓對方唱了十節、二十節或三十節的哀歌後，佯裝沉默，假裝認輸。新郎這邊以為對方對不上來了，大聲合唱慶祝勝利，但最後一節唱到一半時，他們聽到打麻人用沙啞的嗓子吼出最後幾句歌詞，唱完後，他叫著：「孩子們，別這麼費勁唱這麼長的歌，這首歌我們倒背如流。」

不過，有一兩次，打麻人扮鬼臉，皺起眉頭，失望地轉過身望著那些專心聽歌的嬤嬤們。掘墓人唱了非常古老的歌曲，因此他根本不記得歌，或是從來也沒聽過。但嬤嬤們立刻用同海鷗般尖銳的歌聲，哼出接下來的歌詞。掘墓人不得不認輸，再試試其他首曲子。

要等分出勝負，實在太花時間了，新娘這邊只好宣佈，只要贈送新娘一件相襯的禮物，就不再為難他們。

因此，大家唱起彩禮之歌，就像聖歌一般莊嚴。

屋外的男子們低音合唱著：

開門吧，開門，
瑪麗，我的小親親，
我有美麗的禮物要送妳，
唉！親愛的，讓我們進屋去。

屋內的女子們也用悲傷的假音回道：

父親痛苦，母親悲傷，
而我容易心軟，
想在此時把門開啓。

男子們又唱了剛剛的橋段，到了第四句時，改唱成：

我有美麗的手帕要送妳。

但女子們也替新娘回答，也重複唱了剛剛的歌詞。就這樣，至少唱了二十節，男子們一一列舉了彩禮，而且每一次都加上新的東西，像是美麗的圍裙、美麗的緞帶、床單、花邊、十字架和一百支別針在新娘微薄的嫁妝上。嬤嬤們還是拒絕，直到男子們決定唱出**英俊的丈夫**，她們才對新娘開口，和男子們一起合唱：

開門吧，開門，
瑪麗，我的小親親，
英俊的丈夫來接妳，
好啦！親愛的，讓他們進屋吧。

開門吧，開門，
瑪麗，我的小親親，
英俊的丈夫來找妳，
開門吧，我的愛，讓他們進屋吧。

附錄三

傑曼的婚禮

打麻人立刻將門內的那根木閂抽掉。在那個時代，門閂還是村裡大部分人家唯一的大鎖。新郎的隊伍就這樣闖入新娘的家，當然是經過一番打鬥，因為屋內的年輕男子、甚至是年老的打麻人和嬤嬤們都想繼續守住爐火。拿著烤物的放牛郎必須在同伴的幫助下，將鐵叉上的獵物放到爐灶上。即使大家不是真的想開打，也不會怒氣衝天；可是大夥兒相互推擠，而且在這比劃肌力的場合下還得考慮自尊，因此結果比剛才的嘻笑和歌唱更嚴重，這變成了真正的大戰。可憐的打麻人像一頭獅子般防守著，他被眾人圍夾著逼到了牆邊，喘不過氣……不只一名勇士被推倒在地遭人踩踏；那些緊抓住鐵叉的手，不只一隻手在流血。這些戰役很危險，而且近來發生了幾起嚴重的意外，因此農民們決定廢止彩禮的儀式。我想我最後看到的是在佛朗絲瓦．梅庸的婚禮上，當然那次的戰鬥也是假的。

在傑曼的婚禮上，戰鬥還是十分激烈，因為攸關榮譽，一方要進攻齊葉特嬤嬤家的爐灶，另一方則要守護它。巨大的鐵叉在那些強大手腕的爭奪下，被扭曲地像個螺絲釘。有人開了一槍，子彈點燃了天花板篩子中的大麻……這個意外轉移了大家的注意力，當大家忙著滅火時，沒人發現掘墓人已偷偷爬上屋頂，這時他從煙囪爬下來抓住鐵叉——放牛郎將它高舉在頭頂，避免遭人搶奪。突擊前，嬤嬤們擔心大戰時會有人跌進灶內而被燒傷，已細心地將爐火熄滅。滑稽的掘墓人在放牛郎的配合下，豪不費力就拿起戰利品，將它丟到爐架上。

成功了！大家再也不能移動了。掘墓人跳到屋子中間，點燃在鐵叉上的那點乾草，裝出正在燒烤的樣子，因為肥鵝已被撕爛，肢體支離破碎的散了一地。

笑聲和吹噓的話語不斷，每個人都秀出自己的傷口，因為多是朋友間的打鬧，因此沒人抱怨或爭執。快被擠扁的打麻人，他揉著腰一邊說不介意，一邊抗議著朋友掘墓人的狡猾，要不是他被壓得半死，爐灶才不會那麼容易被攻佔。嬤嬤們清掃著地面，一切又恢復了秩序。桌上擺滿新盛上的酒杯，等大家乾杯又休息過後，新郎被帶到屋子中間，手裡拿著一支小棒子，即將面臨另一項考驗。

稍早雙方還在大戰時，新娘的母親、教母和姨母們就將她和其他三名女伴藏了起來。這四名年輕女孩坐在大廳一個隱蔽角落的長凳上，她們頭上蓋著一條白色的大床單。這三名被挑選出來的女子，身材與瑪麗相符，戴著高度相同的帽子，因此用白色床單將她們從頭到腳都蓋住之後，根本分不出誰是誰。

新郎只能用棒子的前端觸碰她們，指出誰才是他的新娘。大家給他足夠的時間辨識，但他只能用眼睛觀察，一旁的嬤嬤們嚴格地監視著，防止他作弊。如果他認錯人了，晚上就不能和新娘跳舞，得和他選錯的女孩跳舞。

傑曼看著這些裹著同一塊白布的「幽靈」們，他很害怕會認錯人；事實上，很多人選錯過，因為細微的差異總是被謹慎地掩蓋掉了。他的心撲通跳著，小瑪麗試著用力呼吸，想吹動被單；可是狡猾的女伴們也學她用手指輕碰床單。床單下藏了多少名年輕女孩就有多少個神祕暗號。帽子將床單撐得一模一樣，根本無法從被單的皺褶中辨識出臉的輪廓。

傑曼猶豫了十分鐘，他閉上眼，將自己的靈魂交給上帝。他把木棍隨意一指。他碰到了小瑪麗的前額，她隨即高喊勝利並將床單遠遠丟開。傑曼現在可以親吻瑪麗了。他用強壯的手臂將她舉起，把她抱到屋子中央，擁著她一起開舞，舞會一直持續到凌晨兩點鐘。

之後，大家先行散去，等八點鐘再集會。因為有些年輕人是從鄰村來的，加上齊葉特嬤嬤家沒有足夠的床位供那麼多人睡覺，因此村裡的女孩們會邀請兩、三名女客一起回家和自己同睡；男孩子則隨意躺在農莊穀倉的乾草堆裡，可想而知，他們不會睡覺，因為他們只想相互戲弄，交換諷刺的笑話和瘋狂的故事。婚禮時，三天不睡覺是很正常的事。

出發的時間到了，大家聚在農場的庭院中，喝著為了開胃而加了許多胡椒的牛奶湯，因為婚禮的宴席總是很豐盛。這裡的小教區已經廢掉了，所以必須到離這裡半古里遠的地方去慶祝結婚儀式。這天天氣很好，但有些微寒，路況也不佳，每個人都騎著馬，每名男子身後都載著年輕或年老的女伴。傑曼騎著灰絲出發，牠已經過洗刷，換上新的蹄鐵並綁上緞帶，牠踢蹬著前足，呼出如火焰般燒燙的熱氣。傑曼和小舅子哲克一起到茅屋接他的新娘；哲克騎著灰絲的老媽媽載著齊葉特丈母娘，傑曼則以勝利之姿載著他親愛的小妻子回到農場。

隨後，熱情喜氣的騎馬隊伍上路了，小孩們步行簇擁著，他們一邊奔跑一邊放著手槍，嚇得馬兒蹦跳了起來。莫里斯嬤嬤、傑曼的三名小孩和鄉村樂師們一起乘坐馬車。隊伍在樂聲中前進。小皮耶如此地俊美，老祖母如此地驕傲。這性急的孩子沒在外婆身邊待太久，當馬車在路上稍作停歇，準備開始一段較困難的路程時，他便悄溜下馬車，跑去央求父親讓他坐在灰絲的前頭。

「不行。」傑曼回答，「你會害我們被取笑的，絕對不行。」

小瑪麗說：「我才不管聖沙爾捷的人們怎麼說，「把他抱上來吧。傑曼，拜託，他比我的結婚禮服更讓我感到驕傲。」

傑曼讓步了。就這樣，灰絲愉悅地奔跑著，載著這漂亮的三人組重新回到隊伍中。

事實上，聖沙爾捷的人們總是喜歡嘲笑、逗弄來他們教區聚會的臨近人家，但當他們看到一位這麼英俊的新郎和這麼美麗的新娘，以及一個連王后都羨慕的小男孩，就失去了嘲笑的想法。小皮耶穿著一套矢車菊藍的羊毛呢衣褲，和一件可愛又短巧的紅色背心，短到距離他的下巴沒多少距離；村裡的裁縫將他的袖子縫得很緊，以至於他無法收攏雙手，但他看上去仍十分神氣；他戴著一頂鑲著黑金色緞帶的圓形帽，上頭還有一根孔雀毛傲然地插在一束火雞毛上，以及一大堆加起來比他頭還大的花朵蓋住他的肩膀，飄盪的緞帶垂至他的腳邊。打麻人同時也是當地的理容師和理髮師，他用絕對不會失敗的方法——將一只小盤子蓋在小皮耶頭上，剪去多餘的部分——將他的頭髮修成一個圓圈。當然，這和長髮飄逸、披著羊皮的小施洗約翰相比，少了一些詩意，但小皮耶不這麼認為，因為所有的人都稱讚他是一個小紳士。他的美勝過了一切，事實如此，有什麼能勝過孩子那無與為比的美呢？

小皮耶的妹妹小索朗生平第一次戴帽子，這不是女孩們戴到兩、三歲的印花棉布帽子。這是多麼美麗的一頂帽子啊！它比可憐的小女孩還高還大。它讓她覺得自己很漂亮。小索朗不敢亂轉動頭部，她筆直地站著，心想別人會將她當作新娘呢。

至於小西凡，他還穿著小袍子在祖母膝上熟睡。婚禮是什麼，他一無所知呢！

傑曼愛戀地看著自己的孩子，等來到市政府時，他對他的新娘說：「喏，瑪麗，和那天——從尚特陸森林帶妳回家、以為妳不愛我那日——相比，我今天真是好開心。那天，我就像現在一樣將妳從馬背抱下，我以為我們再也不能和小鬼頭一起騎乘灰絲。哦，我真的好愛妳，好愛這些可憐的孩子，我真的好幸福，因為妳愛我，愛我的小孩，而且我的岳父母也愛妳。我也好愛妳的母親和妳的朋友，還有今天來的每一個人，我真想要有三、四顆心來裝盛這些滿滿的愛意。真的，光一顆心哪裝得了這麼多的友誼和滿足，我的胃都脹痛了！」

市政府和教堂門前站了許多前來欣賞美麗新娘的民眾。那就讓我來說說新娘的服裝吧！那身打扮真的非常適合新娘：透明的紗帽鑲著花邊。在當時農家婦女是不可以露出一根秀髮的，因此她們會盤起的美麗秀髮，用一條白色的緞帶固定住，然後藏在帽子裡。即便今日，讓男子看見她們沒有戴帽子的模樣，是失禮和羞恥的行為，但她們已經可以在額前露出一條窄窄的頭帶，這讓她們看起來美麗多了。不過我很懷念我那時的古典髮飾，那種直接貼在肌膚上的白色花邊；我覺得它更能彰顯莊嚴和貞潔的古老語彙。若有一張臉因此而更美麗，那是因為無法形容的迷人和端莊的天真魅力。

小瑪麗戴著這樣的頭飾，她的前額如此白皙純潔，不怕白色的花邊讓它顯得汙穢。雖然整夜未曾闔眼，但早晨的空氣、如天空般澄澈的內心喜悅，以及少女羞澀所抑制的熱情，都讓她的雙頰浮出如四月初陽下的甜美桃花紅暈。貞潔交叉在胸前的白色圍巾，刻劃出她如雉鳩圓頸般的優雅背頸；那用桃金鑲綠色細布做成的衣裙展現了她小小的身形，這身材還會長高、發育，因為小瑪麗現在還不到十七歲。小瑪麗套著一條紫色的紗圍裙，這圍裙的上半部能優雅且含蓄地修飾胸形。很可惜這式樣在後來被村裡的婦女們廢除；今天，她們披巾的方式十分豪氣，但在她們裝扮裡，已不見昔日同霍爾拜因筆下處女們的靦腆和持重。她們變得明豔優雅。過去的裝束或許嚴肅呆版，但卻讓她們的微笑更加深刻、完美。

在奉獻時，傑曼照例將十三枚銀幣放在他新娘的手裡。他將一枚銀戒指套在她的指頭上。幾世紀以來，戒指的形狀從未改變，只是後來被金戒指代替了。走出教堂時，小瑪麗對傑曼小聲地說：「這是我希望的那只戒指嗎？那只我跟您要的？」

「是的。」傑曼說，「是凱瑟琳走時戴在手上的。我兩次結婚都是用同一枚戒指。」

「傑曼，謝謝您。」少婦的聲調認真且感性，「我會戴著戒指直到死去。若我比您先走，您要保留它，等小索朗結婚時，把它送給她。」

附錄四
捲心菜

大夥兒再次跨上馬，很快地回到柏萊村。宴席很豐盛，穿插了舞蹈和歌曲，直至午夜。老人們持續十四小時沒有離開餐桌。掘墓人下廚做菜，而且做得很好。他很有名聲，在每道菜上桌之間，他還離開廚房去跳舞歌唱。可憐的邦東老爹有癲癇，誰能想到呢？他就像年輕人一樣好精神、強壯且愉悅。有一天，夜幕落下，我們在水溝中發現他，他疼痛地扭成一團像快死了。我們將他放在手推車上運回村莊，整晚照顧他。三天後，他參加婚禮，像畫眉般歌唱，像小山羊般跳躍，跳著退流行的舞步。吃完喜酒，他挖了一個墓穴，釘了一口棺材，他工作認真，儘管隨和中看不出端倪，但他有著陰森森的形象，加速了他舊疾復發。他的妻子癱瘓了，已經有二十年沒離開病床。他的母親高齡一百零四歲了，仍然健在。而他，可憐的傢伙，如此快樂，如此正直有趣，卻在去年從穀倉掉到石地板上，摔死了。毫無疑悶，他無可救藥的毛病發作了，他像往常般躲進乾草堆裡，不想讓家人害怕和擔憂。就這樣，他以悲劇性的方式，結束了和他本人一樣奇特的人生，如此悽慘又瘋狂；可怕又歡樂。但是他一直保有正直的心和親切的個性。

婚禮第三天，也就是婚禮最有意思的一天。先不提將「雜燴湯」放在新人床上，這是相當愚蠢的行為，除了讓新娘感到羞愧，也讓其他年輕女孩紅了臉。我相信這在各省都很常見，沒什麼特別之處。

菜禮是婚後繁衍的象徵，好比送彩禮的儀式，表示「佔領」新娘的心和家。婚禮隔天的午餐後，奇怪的表演便開始了。表演源自於高盧時代，經過基督教初期，漸漸變成一種宗教劇，或是中世紀的滑稽道德劇。

兩名年輕男子（最活潑、最伶俐的）在午餐時離席，他們跑去化妝，最後在音樂、狗兒、小孩和槍聲的簇擁下回來會場。他們扮作一對乞丐夫婦——丈夫和妻子，穿著破爛不堪的衣服。丈夫尤其骯髒，是惡習讓他墮落至此；妻子也因放蕩的丈夫而招致如此不幸和被人輕視。

他們自稱園丁和園丁太太，負責保管和培植那神聖的捲心菜。丈夫擁有許多稱號，每個稱號都有一種意思；可以叫他「稻草人」，因為他戴著一頂稻草或麻草做成的假髮。因為衣不蔽體，他用稻草包住了雙腿和裸露在破爛衣服外的身體。他還在衣服裡塞稻草或乾草，裝出大肚子或駝背。人們也叫他「襤褸人」，因為他的衣裳破舊。最後，還可以稱他為「異教徒」；這稱號意味深長，因為他無恥荒唐，所有和基督文化的美德相牴觸的惡習在他身上都可看見。

異教徒臉上塗著煤煙和酒糟，有時戴著一只滑稽的面具。他用一根小麻繩將缺口的泥杯或舊木屐繫在皮帶上，用來討酒喝。沒人拒絕他，他也佯裝喝起酒來，接著將酒灑在地上，做出奠酒的儀式。每走一步，他就倒下，在爛泥裡打滾，裝出醉到非常羞愧的模樣。他的妻子在他身後追著，將他扶起，喊著救命，拔著骯髒帽子下露出的一撮撮麻髮，她為丈夫的醜行哭泣，動人地數落著丈夫：

「該死！」她對他說，「瞧你的醜行害我們到什麼地步！白費我紡織，為你工作，為你縫補。你把一身衣服弄破，全身汙穢不堪。你把我僅有的財產全揮霍光了，我們六個小孩全睡在乾草堆上，我們和牲口住在同一間廄房。我們淪落到處行乞，而你又是如此醜陋、叫人作嘔、被人蔑視，再過不久，人家就會像餵狗那樣丟給我們麵包。唉呀！好心的人們啊，可憐我們吧！可憐我們吧！我不該是這樣的，從來沒有一個女人像我這樣，有一個這麼骯髒又這麼可惡的丈夫。幫我扶他起來吧，要不然車子會像壓碎一個破酒瓶般輾過他，我會變成寡婦，我會悲傷至死，雖然大家會認為這或許對我是解脫。」

整齣戲裡，園丁太太一直扮演這樣的角色，一直這樣哭泣。因為這是一齣自由的、即興的、露天的、在路旁和在田間的演出，由偶然的事件所豐富，所有參加婚禮的人、無關的人、主人家的人或路人都一同參與，長達三、四個小時，就像我們馬上要看見的那樣——題材千篇一律，但詮釋的方式無限。從這兒可以看出模仿的本能、豐富滑稽的點子、長篇大論、應答的才智，甚至是天生的雄辯。

園丁太太的角色通常是由一名瘦弱、無鬚、面色紅潤的男子擔任，他知道如何賦予這個角色真實性，知道如何自然演出那滑稽的絕望，使觀眾開心又悲傷，就像真的一樣。在鄉下，這樣瘦弱無鬚的男子並不罕見，奇怪的是，這樣的人多半力氣驚人。

當我們明白園丁太太的不幸後，婚禮上的小夥子便勸她丟下酒鬼丈夫，和他們同歡。他們伸出手臂，牽她離開。漸漸地，她忘記自己的處境，變得高興且開始奔跑，舉止放縱，有時和這個跑，有時和那個跑；這幕戲的寓意就是放縱的丈夫帶來放縱的妻子。

異教徒從酩酊大醉中醒來，他尋找自己的妻子，拿著繩子和木棍，在她身後追著。他跑著，大家將他的妻子藏起來，從這個人手裡送到另一個人手中，讓他妻子開心，作弄忌妒的他。朋友們企圖將他灌醉，最後他找到不忠的妻子，動手要打她。在這模擬夫妻生活的悲慘滑稽劇中，最逼真也最觀察透澈的是，嫉妒的丈夫永遠不會攻擊搶走他們妻子的人。他會對他們畢恭畢敬，他只攻擊犯罪的妻子，因為她無力反抗。

但當他舉起木棍，要用繩索套住妻子時，所有參加婚禮的人都跑過來勸和，擋在兩人之間。「不要打她！千萬別打她啊！」這是這場景經常聽到的台詞。丈夫的武器被搶下，大夥兒強迫他饒恕她，親吻她。不久，他就像從來沒有買醉過地那樣愛她。他和她挽著手，一邊歌唱，一邊跳舞，走了，直到丈夫又再一次醉酒倒地。女人又開始她的哀嘆、她的失望、她的假裝放縱、丈夫的嫉妒、鄰居們的調停以及和解。在這當中，有一個最簡單也最明顯易懂的警世道理，應該是源自中世紀，至今仍能引起大家注意。或許無法引起已婚夫婦的注意，因為現在的他們彼此深愛且充滿理智，但至少對小孩和青少年產生了影響。異教徒讓年輕的女孩們懼怕，感到噁心，當他跑向她們，作勢親吻狀，她們帶著並非矯飾的害怕逃走。他骯髒的臉孔和木棍（其實都是無害的）使孩子們大叫。這是最簡單卻也最叫人印象深刻的風俗喜劇。

當鬧劇演到一半時，大家準備去拿捲心菜。有人拿來一具擔架，將異教徒放在上面。異教徒手裡握著鏟子、繩子和一個巨大的提籃。四名壯漢將異教徒扛在肩上，他的妻子走在後面，老人們嚴肅又若有所思地緊跟在後，接著是參加婚禮的人，兩兩成行地隨著音樂的節奏整齊地走著。之後傳來一陣槍聲，狗兒狂吠，因為從未看過被人這樣抬著的噁心異教徒。孩子們則將用麻繩綁著的木屐，套在他的頭上，嘲弄地向他致敬。

為什麼我們要為這個噁心的人舉行這樣的儀式呢？因為大家都想獲得象徵繁衍力的神聖捲心菜，而只有這名愚蠢的酒鬼可以將手放在這個具有象徵性的植物上。毫無疑問，這源於基督教之前的一種宗教劇，使人想起土星節，或古代的酒神節。或許，異教徒同時是優秀的園丁，也是普里阿普斯——園圃和荒淫之神——就像宗教劇表演的那樣，這神最初應是貞潔且嚴肅的，只是道德的淪喪和思想的混亂讓他不自覺墮落了。

不管如何，凱旋的隊伍走到新娘的住家，進入她的菜園。大夥兒在那兒挑選最漂亮的捲心菜，這需要花點時間，因為老人們展開無止盡的討論，為自己覺得最合適的捲心菜辯護；然後投票表決。當結果出爐，園丁就將繩子纏在菜莖上，然後盡可能的遠離菜園。園丁太太小心地看著捲心菜，防止它掉落或損傷。參加婚禮的那些搞笑人物：打麻人、掘墓人、木匠、木屐匠（總之就是那些不事耕種，到處串門子，與一般莊稼漢相比，被認為更有力和口才，也真是如此的人）圍住捲心菜站著。其中一人用鏟子挖出一條溝，挖得那麼深，讓人以為是要砍掉一棵橡樹；另一個人則將木頭或紙板做成的夾子架在鼻梁上，當作是眼鏡——他擔任工程師的職務，時而走近，時而後退，拿著圖面，斜睨著工人，他畫著線條，裝出學者的模樣，叫嚷著別人會把東西弄壞了，自己卻隨心所欲，時而放棄，時而繼續工作，盡可能地拖長時間，可笑地指揮著這項工程。這是多加在傳統婚慶的橋段嗎？藉以嘲笑被農民所輕視的理論家，或被討厭的測量員？還是那些調整土地編冊、整理稅負，或是將小徑變成馬路，取消了農民珍視東西的那些橋梁公路局的職員？總之這名喜劇人物叫做「幾何學家」，他想盡辦法地讓這些拿鶴嘴鋤和鏟子的人受不了。

花了十五分鐘的困難工程和滑稽表演，終於，在不切斷菜根或不損害捲心菜的情況下，完好的取下了捲心菜。一堆堆鏟出的泥土被丟到圍觀者的鼻子上（那些不趕快跑開的人活該，哪怕是主教或親王都要接受泥土的洗禮）。園丁拉著繩子，園丁太太張開圍裙，捲心菜在眾人的歡呼聲中倒下。有人遞過籃子，園丁夫婦仔細地將捲心菜植栽在提籃內。大夥兒蓋上新土，用小棒子和細繩固定住，就像城裡的賣花女將美麗的茶花栽種在花盆內那樣，接著將蘋果插在木棒、百里香、鼠尾草和桂樹枝的尖端，再插在捲心菜的周圍，裝飾上緞帶和小旗子。眾人把「勝利品」和異教徒再抬到擔架上。異教徒要讓籃子保持平衡，以防意外發生，最後，大家整齊排隊地離開菜園。

正當要跨出大門、跨進新郎家的院子時，眾人假想著前面有障礙。抬擔架的人跌跌撞撞，大聲尖叫，時而後退，時而前進，像是被不可控制的力量驅使，裝出不堪負荷、跌倒在地的模樣。這時，參加婚禮的人叫喊著，激勵並安慰抬擔架的人：「慢點！慢點！孩子！這邊，這邊，加油！小心！耐心點！低一點。門太低了！擠一點，門太窄了！往左一點，現在往右！加油，你們成功了！」

豐收時就是這樣，牛車載著超載的乾草或收割物，由於東西堆得太高或太寬，進不了穀倉的門，人們就是這樣吆喝牲畜，制止或激勵牠們，靈巧有力地將整山的財富，平穩地移進鄉下的凱旋門。尤其是最後一輛牛車，一般稱作「豐收結束」，需要格外小心。這同時也是鄉間的節慶，將最後一束從犁溝中割下的收穫物，放在牛車最上頭，並綁著緞帶和花朵，牛角和牛鞭也綁著緞帶和花朵。捲心菜以勝利之姿被高舉著抬進屋，象徵了家族興旺和子孫滿堂。

到了新郎家內院，捲心菜被拿到屋子或穀倉最高的地方。如果有比屋頂更高的煙囪、尖屋頂或閣樓，那就必須不顧一切危險或困難，將這項重物搬到房屋最高的地方。異教徒把它放在那兒，固定好，澆上一大壺的葡萄酒，然後響起一陣槍響，異教徒的妻子扭臀擺腰，象徵儀式開始了。

相同的儀式很快接著進行，另一顆捲心菜從新郎家的菜園被拔起，以同樣的儀式放在新娘為了和他生活而剛離開的自家屋頂上。這些戰利品將一直被留在屋頂上，直到風雨吹壞提籃，也損壞了捲心菜。但它們會有足夠的時間生長，好為爺爺及嬤嬤們的祝福帶來吉兆：「漂亮捲心菜，」他們說道，「快快長大，快快開花，年底之前，新娘有娃。若死太早，新娘不孕，就是凶兆。」

儀式全部結束後，時間已不早，剩下要做的就是送新婚夫婦們的教父教母回家。倘若他們住得遠，人們會奏著樂曲，所有參加婚禮的人都會陪他們走到小教區邊。大夥兒會在馬路上跳舞，臨別前相互親吻。要是異教徒和他的妻子沒因扮演角色感到疲憊，而跑去睡一會兒的話，他們現在已經洗刷乾淨，換上整潔的衣裳。

傑曼婚禮的第三天，我們半夜還在伯萊村的農場上跳舞、唱歌和吃喝。老人們也還沒離去，這是很正常的；因為他們必須等到第二天清晨，才能恢復腳力和精神。因此，當有些人靜悄悄或跌跌撞撞地走回家時，傑曼卻得意又精神飽滿的出門，他將耕犁套在牛兒身上，讓他的小妻子睡到日出。他覺得自己的感謝透過一邊歌唱一邊飛向天空的雲雀，傳達到上帝那邊；枯萎灌木叢上的薄霜，就像四月花朵長出新葉前的潔白。大自然裡的一切如此愉悅平靜。昨晚，小皮耶又笑又跳，今早爬不起床幫他牽牛，但傑曼很開心能獨自一人，他跪在犁溝內，做著早禱，滿溢著許多的情感，眼淚掛在他那被汗水浸濡的雙頰上。

遠處，傳來鄰近教區男孩們的歌聲，他們正走路回家，用有點沙啞的嗓音唱著前一晚那歡樂的歌。

國家圖書館出版品預行編目資料

魔沼 / 喬治・桑（George Sand）著 ; 李毓真譯. -- 初版. -- 臺北市 :
商周出版 : 家庭傳媒城邦分公司發行, 2018.11
面 ;　公分. --(商周經典名著 ; 61)
譯自 : La mare au diable
ISBN 978-986-477-575-0 (平裝)

876.57　　107019724

商周經典名著 61

魔沼（法文全譯本）La Mare au diable

編　　著／喬治・桑（George Sand）
譯　　者／李毓真
企劃選書／黃靖卉
責任編輯／彭子宸

版　　權／翁靜如、黃淑敏
行銷業務／張媖茜、黃崇華
總 編 輯／黃靖卉
總 經 理／彭之琬
發 行 人／何飛鵬
法律顧問／元禾法律事務所 王子文律師
出　　版／商周出版
台北市104民生東路二段141號9樓
電話：(02) 25007008　傳真：(02)25007759
E-mail：bwp.service@cite.com.tw
Blog：http://bwp25007008.pixnet.net/blog
發　　行／英屬蓋曼群島商家庭傳媒股份有限公司 城邦分公司
台北市中山區民生東路二段141號2樓
書虫客服服務專線：02-25007718；25007719
服務時間：週一至週五上午09:30-12:00；下午13:30-17:00
24小時傳真專線：02-25001990；25001991
劃撥帳號：19863813；戶名：書虫股份有限公司
讀者服務信箱：service@readingclub.com.tw
城邦讀書花園：www.cite.com.tw
香港發行所／城邦（香港）出版集團有限公司
香港灣仔駱克道193號東超商業中心1樓；E-mail：hkcite@biznetvigator.com
電話：(852) 25086231　傳真：(852) 25789337
馬新發行所／城邦（馬新）出版集團 Cite (M) Sdn. Bhd.
41, Jalan Radin Anum, Bandar Baru Sri Petaling,
57000 Kuala Lumpur, Malaysia.
Tel: (603) 90578822　Fax: (603) 90576622　Email: cite@cite.com.my

封面設計／廖韡
排　　版／極翔企業有限公司
印　　刷／韋懋印刷事業有限公司
經 銷 商／聯合發行股份有限公司
電話：(02)2917-8022　傳真（02）2911-0053
地址：新北市231新店區寶橋路235巷6弄6號2樓

■2018年11月13日初版一刷
定價250元　　Printed in Taiwan

城邦讀書花園
www.cite.com.tw

商周出版

廣　告　回　函
北區郵政管理登記證
北臺字第000791號
郵資已付，免貼郵票

104　台北市民生東路二段141號2樓

英屬蓋曼群島商家庭傳媒股份有限公司城邦分公司　收

請沿虛線對摺，謝謝！

商周出版

書號：BU6061　書名：魔沼　編碼：

請於此處用膠水黏貼

商周出版

讀者回函卡

感謝您購買我們出版的書籍！請費心填寫此回函卡，我們將不定期寄上城邦集團最新的出版訊息。

不定期好禮相贈！
立即加入：商周出版
Facebook 粉絲團

姓名：________________________ 性別：☐男 ☐女

生日：西元__________年__________月__________日

地址：________________________

聯絡電話：________________ 傳真：________________

E-mail ：

學歷：☐ 1. 小學 ☐ 2. 國中 ☐ 3. 高中 ☐ 4. 大學 ☐ 5. 研究所以上

職業：☐ 1. 學生 ☐ 2. 軍公教 ☐ 3. 服務 ☐ 4. 金融 ☐ 5. 製造 ☐ 6. 資訊

☐ 7. 傳播 ☐ 8. 自由業 ☐ 9. 農漁牧 ☐ 10. 家管 ☐ 11. 退休

☐ 12. 其他________________________

您從何種方式得知本書消息？

☐ 1. 書店 ☐ 2. 網路 ☐ 3. 報紙 ☐ 4. 雜誌 ☐ 5. 廣播 ☐ 6. 電視

☐ 7. 親友推薦 ☐ 8. 其他________________________

您通常以何種方式購書？

☐ 1. 書店 ☐ 2. 網路 ☐ 3. 傳真訂購 ☐ 4. 郵局劃撥 ☐ 5. 其他______

您喜歡閱讀那些類別的書籍？

☐ 1. 財經商業 ☐ 2. 自然科學 ☐ 3. 歷史 ☐ 4. 法律 ☐ 5. 文學

☐ 6. 休閒旅遊 ☐ 7. 小說 ☐ 8. 人物傳記 ☐ 9. 生活、勵志 ☐ 10. 其他

對我們的建議：________________________

____

____

請於此處用膠水黏貼